Johann Wolfgang von Goethe

# Wilhelm Meisters Wanderjahre

Band 1

Johann Wolfgang von Goethe

**Wilhelm Meisters Wanderjahre**
*Band 1*

ISBN/EAN: 9783337354527

Hergestellt in Europa, USA, Kanada, Australien, Japan

Cover: Foto ©Andreas Hilbeck / pixelio.de

Weitere Bücher finden Sie auf **www.hansebooks.com**

Wilhelm Meisters Wanderjahre—Buch 1 oder die
Entsagenden


Erstes Buch


Erstes Kapitel


Die Flucht nach Ägypten

Im Schatten eines mächtigen Felsen saß Wilhelm an grauser,
bedeutender Stelle, wo sich der steile Gebirgsweg um eine
Ecke herum schnell nach der Tiefe wendete. Die Sonne stand
noch hoch und erleuchtete die Gipfel der Fichten in den
Felsengründen zu seinen Füßen. Er bemerkte eben etwas in
seine Schreibtafel, als Felix, der umhergeklettert war, mit
einem Stein in der Hand zu ihm kam. "Wie nennt man
diesen Stein, Vater?" sagte der Knabe.

"Ich weiß nicht", versetzte Wilhelm.

"Ist das wohl Gold, was darin so glänzt?" sagte jener.

"Es ist keins!" versetzte dieser, "und ich erinnere mich, daß es
die
Leute Katzengold nennen."

"Katzengold!" sagte der Knabe lächelnd, "und warum?"

"Wahrscheinlich weil es falsch ist und man die Katzen auch für falsch hält."

"Das will ich mir merken", sagte der Sohn und steckte den Stein in die lederne Reisetasche, brachte jedoch sogleich etwas anderes hervor und fragte: "Was ist das?" —"Eine Frucht", versetzte der Vater, "und nach den Schuppen zu urteilen, sollte sie mit den Tannenzapfen verwandt sein."—"Das sieht nicht aus wie ein Zapfen, es ist ja rund. "—"Wir wollen den Jäger fragen; die kennen den ganzen Wald und alle Früchte, wissen zu säen, zu pflanzen und zu warten, dann lassen sie die Stämme wachsen und groß werden, wie sie können."—"Die Jäger wissen alles; gestern zeigte mir der Bote, wie ein Hirsch über den Weg gegangen sei, er rief mich zurück und ließ mich die Fährte bemerken, wie er es nannte; ich war darüber weggesprungen, nun aber sah ich deutlich ein paar Klauen eingedrückt; es mag ein großer Hirsch gewesen sein."—"Ich hörte wohl, wie du den Boten ausfragtest."—"Der wußte viel und ist doch kein Jäger. Ich aber will ein Jäger werden. Es ist gar zu schön, den ganzen Tag im Walde zu sein und die Vögel zu hören, zu wissen, wie sie heißen, wo ihre Nester sind, wie man die Eier aushebt oder die Jungen, wie man sie füttert und wenn man die Alten fängt: das ist gar zu lustig."

Kaum war dieses gesprochen, so zeigte sich den schroffen Weg herab eine sonderbare Erscheinung. Zwei Knaben, schön wie der Tag, in farbigen Jäckchen, die man eher für aufgebundene Hemdchen gehalten hätte, sprangen einer nach dem andern herunter, und Wilhelm fand Gelegenheit, sie näher zu betrachten, als sie vor ihm stutzten und einen Augenblick stillhielten. Um des ältesten Haupt bewegten sich reiche blonde Locken, auf welche man zuerst blicken mußte, wenn man ihn sah, und dann zogen seine klarblauen Augen den Blick an sich, der sich mit Gefallen über seine schöne Gestalt verlor. Der zweite, mehr einen Freund als einen Bruder vorstellend, war mit braunen und schlichten Haaren geziert, die ihm über die Schultern herabhingen und wovon der Widerschein sich in seinen Augen zu spiegeln schien.

Wilhelm hatte nicht Zeit, diese beiden sonderbaren und in der Wildnis ganz unerwarteten Wesen näher zu betrachten, indem er eine männliche Stimme vernahm, welche um die Felsecke herum ernst, aber freundlich herabrief. "Warum steht ihr stille? versperrt uns den Weg nicht!"

Wilhelm sah aufwärts, und hatten ihn die Kinder in Verwunderung gesetzt, so erfüllte ihn das, was ihm jetzt zu Augen kam, mit Erstaunen. Ein derber, tüchtiger, nicht allzu großer junger Mann, leicht geschürzt, von brauner Haut und schwarzen Haaren, trat kräftig und sorgfältig den Felsweg herab, indem er hinter sich einen Esel führte, der erst sein wohlgenährtes und wohlgeputztes Haupt zeigte, dann aber die schöne Last, die er trug, sehen ließ. Ein sanftes, liebenswürdiges Weib saß auf einem großen, wohlbeschlagenen Sattel; in einem blauen Mantel, der sie umgab, hielt sie ein Wochenkind, das sie an ihre Brust drückte und mit unbeschreiblicher Lieblichkeit betrachtete. Dem Führer ging's wie den Kindern: er stutzte einen Augenblick, als er Wilhelmen erblickte. Das Tier verzögerte seinen Schritt, aber der Abstieg war zu jäh, die Vorüberziehenden konnten nicht anhalten, und Wilhelm sah sie mit Verwunderung hinter der vorstehenden Felswand verschwinden.

Nichts war natürlicher, als daß ihn dieses seltsame Gesicht aus seinen Betrachtungen riß. Neugierig stand er auf und blickte von seiner Stelle nach der Tiefe hin, ob er sie nicht irgend wieder hervorkommen sähe. Und eben war er im

Begriff, hinabzusteigen und diese sonderbaren Wandrer zu begrüßen, als Felix heraufkam und sagte: "Vater, darf ich nicht mit diesen Kindern in ihr Haus? Sie wollen mich mitnehmen. Du sollst auch mitgehen, hat der Mann zu mir gesagt. Komm! dort unten halten sie."

"Ich will mit ihnen reden", versetzte Wilhelm.

Er fand sich auf einer Stelle, wo der Weg weniger abhängig war, und verschlang mit den Augen die wunderlichen Bilder, die seine Aufmerksamkeit so sehr an sich gezogen hatten. Erst jetzt war es ihm möglich, noch einen und den andern besondern Umstand zu bemerken. Der junge, rüstige Mann hatte wirklich eine Polieraxt auf der Schulter und ein langes, schwankes eisernes Winkelmaß. Die Kinder trugen große Schilfbüschel, als wenn es Palmen wären; und wenn sie von dieser Seite den Engeln glichen, so schleppten sie auch wieder kleine Körbchen mit Eßwaren und glichen dadurch den täglichen Boten, wie sie über das Gebirg hin und her zu gehen pflegen. Auch hatte die Mutter, als er sie näher betrachtete, unter dem blauen Mantel ein rötliches, zart gefärbtes Unterkleid, so daß unser Freund die Flucht nach Ägypten, die er so oft gemalt gesehen, mit Verwunderung hier vor seinen Augen wirklich finden mußte.

Man begrüßte sich, und indem Wilhelm vor Erstaunen und Aufmerksamkeit nicht zu Wort kommen konnte, sagte der junge Mann:
"Unsere Kinder haben in diesem Augenblicke schon Freundschaft gemacht.
Wollt Ihr mit uns, um zu sehen, ob auch zwischen den Erwachsenen ein
gutes Verhältnis entstehen könne?"

Wilhelm bedachte sich ein wenig und versetzte dann: "Der

Anblick eures kleinen Familienzuges erregt Vertrauen und Neigung und, daß ich's nur gleich gestehe, ebensowohl Neugierde und ein lebhaftes Verlangen, euch näher kennen zu lernen. Denn im ersten Augenblicke möchte man bei sich die Frage aufwerfen, ob ihr wirkliche Wanderer oder ob ihr nur Geister seid, die sich ein Vergnügen daraus machen, dieses unwirtbare Gebirg durch angenehme Erscheinungen zu beleben."

"So kommt mit in unsere Wohnung", sagte jener. "Kommt mit!" riefen die Kinder, indem sie den Felix schon mit sich fortzogen. "Kommt mit!" sagte die Frau, indem sie ihre liebenswürdige Freundlichkeit von dem Säugling ab auf den Fremdling wendete.

Ohne sich zu bedenken, sagte Wilhelm: "Es tut mir leid, daß ich euch nicht sogleich folgen kann. Wenigstens diese Nacht noch muß ich oben auf dem Grenzhause zubringen. Mein Mantelsack, meine Papiere, alles liegt noch oben, ungepackt und unbesorgt. Damit ich aber Wunsch und Willen beweise, eurer freundlichen Einladung genugzutun, so gebe ich euch meinen Felix zum Pfande mit. Morgen bin ich bei euch. Wie weit ist's hin?"

"Vor Sonnenuntergang erreichen wir noch unsere Wohnung", sagte der
Zimmermann, "und von dem Grenzhause habt Ihr nur noch anderthalb
Stunden. Euer Knabe vermehrt unsern Haushalt für diese Nacht; morgen
erwarten wir Euch."

Der Mann und das Tier setzten sich in Bewegung. Wilhelm sah seinen Felix mit Behagen in so guter Gesellschaft, er konnte ihn mit den lieben Engelein vergleichen, gegen die er kräftig abstach. Für seine Jahre war er nicht groß, aber stämmig, von breiter Brust und kräftigen Schultern; in seiner Natur war ein eigenes Gemisch von Herrschen und Dienen; er hatte schon einen Palmzweig und ein Körbchen ergriffen, womit er beides auszusprechen schien. Schon drohte der Zug abermals um eine Felswand zu verschwinden, als sich Wilhelm zusammennahm und nachrief: "Wie soll ich euch aber erfragen?"

"Fragt nur nach Sankt Joseph!" erscholl es aus der Tiefe, und die
ganze Erscheinung war hinter den blauen Schattenwänden verschwunden.
Ein frommer, mehrstimmiger Gesang tönte verhallend aus der Ferne, und
Wilhelm glaubte die Stimme seines Felix zu unterscheiden.

Er stieg aufwärts und verspätete sich dadurch den Sonnenuntergang. Das himmlische Gestirn, das er mehr denn einmal verloren hatte, erleuchtete ihn wieder, als er höher trat, und noch war es Tag, als er an seiner Herberge anlangte. Nochmals erfreute er sich der großen Gebirgsansicht und zog sich sodann auf sein Zimmer zurück, wo er sogleich die Feder ergriff und einen Teil der Nacht mit Schreiben zubrachte.

Wilhelm an Natalien

Nun ist endlich die Höhe erreicht, die Höhe des Gebirgs, das eine mächtigere Trennung zwischen uns setzen wird als der ganze Landraum bisher. Für mein Gefühl ist man noch immer in der Nähe seiner Lieben, solange die Ströme von uns zu ihnen laufen. Heute kann ich mir noch einbilden, der Zweig, den ich in den Waldbach werfe, könnte füglich zu ihr hinabschwimmen, könnte in wenigen Tagen vor ihrem Garten landen; und so sendet unser Geist seine Bilder, das Herz seine Gefühle bequemer abwärts. Aber drüben,

14

fürchte ich, stellt sich eine Scheidewand der Einbildungskraft und der Empfindung entgegen. Doch ist das vielleicht nur eine voreilige Besorglichkeit: denn es wird wohl auch drüben nicht anders sein als hier. Was könnte mich von dir scheiden! von dir, der ich auf ewig geeignet bin, wenngleich ein wundersames Geschick mich von dir trennt und mir den Himmel, dem ich so nahe stand, unerwartet zuschließt. Ich hatte Zeit, mich zu fassen, und doch hätte keine Zeit hingereicht, mir diese Fassung zu geben, hätte ich sie nicht aus deinem Munde gewonnen, von deinen Lippen in jenem entscheidenden Moment. Wie hätte ich mich losreißen können, wenn der dauerhafte Faden nicht gesponnen wäre, der uns für die Zeit und für die Ewigkeit verbinden soll. Doch ich darf ja von allem dem nicht reden. Deine zarten Gebote will ich nicht übertreten; auf diesem Gipfel sei es das letztemal, daß ich das Wort Trennung vor dir ausspreche. Mein Leben soll eine Wanderschaft werden. Sonderbare Pflichten des Wanderers habe ich auszuüben und ganz eigene Prüfungen zu bestehen. Wie lächle ich manchmal, wenn ich die Bedingungen durchlese, die mir der Verein, die ich mir selbst vorschrieb! Manches wird gehalten, manches übertreten; aber selbst bei der Übertretung dient mir dies Blatt, dieses Zeugnis von meiner letzten Beichte, meiner letzten Absolution statt eines gebietenden Gewissens, und ich lenke wieder ein. Ich hüte mich, und meine Fehler stürzen sich nicht mehr wie Gebirgswasser einer über den andern.

Doch will ich dir gern gestehen, daß ich oft diejenigen Lehrer und Menschenführer bewundere, die ihren Schülern nur äußere, mechanische Pflichten auflegen. Sie machen sich's und der Welt leicht. Denn gerade diesen Teil meiner Verbindlichkeiten, der mir erst der beschwerlichste, der wunderlichste schien, diesen beobachte ich am bequemsten, am liebsten.

Nicht über drei Tage soll ich unter einem Dache bleiben. Keine Herberge soll ich verlassen, ohne daß ich mich wenigstens eine Meile von ihr entferne. Diese Gebote sind wahrhaft geeignet, meine Jahre zu Wanderjahren zu machen und zu verhindern, daß auch nicht die geringste Versuchung des Ansiedelns bei mir sich finde. Dieser Bedingung habe ich mich bisher genau unterworfen, ja mich der gegebenen Erlaubnis nicht einmal bedient. Hier ist eigentlich das erstemal, daß ich stillhalte, das erstemal, daß ich die dritte Nacht in demselben Bette schlafe. Von hier sende ich dir manches bisher Vernommene, Beobachtete, Gesparte, und dann geht es morgen früh auf der andern Seite hinab, fürerst zu einer wunderbaren Familie, zu einer heiligen Familie möchte ich wohl sagen, von der du in meinem Tagebuche mehr finden wirst. Jetzt lebe wohl und lege dieses Blatt mit dem Gefühl aus der Hand, daß es nur eins zu sagen habe, nur eines sagen und immer wiederholen möchte, aber es nicht sagen, nicht wiederholen will, bis ich das Glück habe, wieder zu deinen Füßen zu liegen und auf deinen Händen mich über alle das Entbehren auszuweinen.


Morgens.

Es ist eingepackt. Der Bote schnürt den Mantelsack auf das Reff. Noch ist die Sonne nicht aufgegangen, die Nebel dampfen aus allen Gründen; aber der obere Himmel ist heiter. Wir steigen in die düstere Tiefe hinab, die sich auch bald über unserm Haupte erhellen wird. Laß mich mein letztes Ach zu dir hinübersenden! Laß meinen letzten Blick zu dir sich noch mit einer unwillkürlichen Träne füllen! Ich bin entschieden und entschlossen. Du sollst keine Klagen mehr von mir hören; du sollst nur hören, was dem Wanderer begegnet. Und doch kreuzen sich, indem ich schließen will, nochmals tausend Gedanken, Wünsche,

Hoffnungen und Vorsätze. Glücklicherweise treibt man mich hinweg. Der Bote ruft, und der Wirt räumt schon wieder auf in meiner Gegenwart, eben als wenn ich hinweg wäre, wie gefühllose, unvorsichtige Erben vor dem Abscheidenden die Anstalten, sich in Besitz zu setzen, nicht verbergen.

Zweites Kapitel

Sankt Joseph der Zweite

Schon hatte der Wanderer, seinem Boten auf dem Fuße folgend, steile Felsen hinter und über sich gelassen, schon durchstrichen sie ein sanfteres Mittelgebirg und eilten durch manchen wohlbestandnen Wald, durch manchen freundlichen Wiesengrund immer vorwärts, bis sie sich endlich an einem Abhange befanden und in ein sorgfältig bebautes, von Hügeln rings umschlossenes Tal hinabschauten. Ein großes, halb in Trümmern liegendes, halb wohlerhaltenes Klostergebäude zog sogleich die Aufmerksamkeit an sich. "Dies ist Sankt Joseph", sagte der Bote; "jammerschade für die schöne Kirche! Seht nur, wie ihre Säulen und Pfeiler durch Gebüsch und Bäume noch so wohlerhalten durchsehen, ob sie gleich schon viele hundert Jahre im Schutt liegt."

"Die Klostergebäude hingegen", versetzte Wilhelm, "sehe ich, sind noch wohl erhalten."—"Ja", sagte der andere, "es wohnt ein Schaffner daselbst, der die Wirtschaft besorgt, die Zinsen

17

und Zehnten einnimmt, welche man weit und breit hierher zu zahlen hat."

Unter diesen Worten waren sie durch das offene Tor in den geräumigen Hof gelangt, der, von ernsthaften, wohlerhaltenen Gebäuden umgeben, sich als Aufenthalt einer ruhigen Sammlung ankündigte. Seinen Felix mit den Engeln von gestern sah er sogleich beschäftigt um einen Tragkorb, den eine rüstige Frau vor sich gestellt hatte; sie waren im Begriff, Kirschen zu handeln; eigentlich aber feilschte Felix, der immer etwas Geld bei sich führte. Nun machte er sogleich als Gast den Wirt, spendete reichliche Früchte an seine Gespielen, selbst dem Vater war die Erquickung angenehm, mitten in diesen unfruchtbaren Mooswäldern, wo die farbigen, glänzenden Früchte noch einmal so schön erschienen. Sie trage solche weit herauf aus einem großen Garten, bemerkte die Verkäuferin, um den Preis annehmlich zu machen, der den Käufern etwas zu hoch geschienen hatte. Der Vater werde bald zurückkommen, sagten die Kinder, er solle nur einstweilen in den Saal gehen und dort ausruhen.

Wie verwundert war jedoch Wilhelm, als die Kinder ihn zu dem Raume führten, den sie den Saal nannten. Gleich aus dem Hofe ging es zu einer großen Tür hinein, und unser Wanderer fand sich in einer sehr reinlichen, wohlerhaltenen Kapelle, die aber, wie er wohl sah, zum häuslichen Gebrauch des täglichen Lebens eingerichtet war. An der einen Seite stand ein Tisch, ein Sessel, mehrere Stühle und Bänke, an der andern Seite ein wohlgeschnitztes Gerüst mit bunter Töpferware, Krügen und Gläsern. Es fehlte nicht an einigen Truhen und Kisten und, so ordentlich alles war, doch nicht an dem Einladenden des häuslichen, täglichen Lebens. Das Licht fiel von hohen Fenstern an der Seite herein. Was aber die Aufmerksamkeit des Wanderers am meisten erregte, waren farbige, auf die Wand gemalte Bilder, die unter den Fenstern in ziemlicher Höhe, wie Teppiche, um drei Teile der Kapelle herumreichten und bis auf ein Getäfel herabgingen, das die übrige Wand bis zur Erde bedeckte. Die Gemälde stellten die Geschichte des heiligen Joseph vor. Hier sah man ihn mit einer Zimmerarbeit beschäftigt; hier begegnete er Marien, und eine Lilie sproßte zwischen beiden aus dem Boden, indem einige Engel sie lauschend umschwebten. Hier wird er getraut; es folgt der englische Gruß. Hier sitzt er mißmutig zwischen angefangener Arbeit, läßt die Axt ruhen und sinnt darauf, seine Gattin zu verlassen. Zunächst erscheint ihm aber der Engel im Traum, und seine Lage ändert sich. Mit Andacht betrachtet er das neugeborene Kind im Stalle zu Bethlehem und betet es an. Bald darauf folgt ein wundersam schönes Bild. Man sieht mancherlei Holz gezimmert; eben soll es zusammengesetzt werden, und zufälligerweise bilden ein paar Stücke ein Kreuz. Das Kind ist auf dem Kreuze eingeschlafen, die Mutter sitzt daneben und betrachtet es mit inniger Liebe, und der Pflegevater hält mit der Arbeit inne, um den Schlaf nicht zu stören. Gleich darauf folgt die Flucht nach Ägypten. Sie erregte bei dem beschauenden Wanderer ein Lächeln, indem er die Wiederholung des gestrigen lebendigen Bildes hier an der Wand sah.

Nicht lange war er seinen Betrachtungen überlassen, so trat der Wirt herein, den er sogleich als den Führer der heiligen Karawane wiedererkannte. Sie begrüßten sich aufs herzlichste, mancherlei Gespräche folgten; doch Wilhelms Aufmerksamkeit blieb auf die Gemälde gerichtet. Der Wirt merkte das Interesse seines Gastes und fing lächelnd an: "Gewiß, Ihr bewundert die übereinstimmung dieses Gebäudes mit seinen Bewohnern, die Ihr gestern kennenlerntet. Sie ist aber vielleicht noch sonderbarer, als man vermuten sollte: das Gebäude hat eigentlich die

Bewohner gemacht. Denn wenn das Leblose lebendig ist, so kann es auch wohl Lebendiges hervorbringen."

"O ja!" versetzte Wilhelm. "Es sollte mich wundern, wenn der Geist, der vor Jahrhunderten in dieser Bergöde so gewaltig wirkte und einen so mächtigen Körper von Gebäuden, Besitzungen und Rechten an sich zog und dafür mannigfaltige Bildung in der Gegend verbreitete, es sollte mich wundern, wenn er nicht auch aus diesen Trümmern noch seine Lebenskraft auf ein lebendiges Wesen ausübte. Laßt uns jedoch nicht im Allgemeinen verharren, macht mich mit Eurer Geschichte bekannt, damit ich erfahre, wie es möglich war, daß ohne Spielerei und Anmaßung die Vergangenheit sich wieder in Euch darstellt und das, was vorüberging, abermals herantritt."

Eben als Wilhelm belehrende Antwort von den Lippen seines Wirtes erwartete, rief eine freundliche Stimme im Hofe den Namen Joseph. Der Wirt hörte darauf und ging nach der Tür.

"Also heißt er auch Joseph!" sagte Wilhelm zu sich selbst. "Das ist doch sonderbar genug und doch eben nicht so sonderbar, als daß er seinen Heiligen im Leben darstellt." Er blickte zu gleicher Zeit nach der Türe und sah die Mutter Gottes von gestern mit dem Manne sprechen. Sie trennten sich endlich: die Frau ging nach der gegenüberstehenden Wohnung. "Marie!" rief er ihr nach, "nur noch ein Wort!"—"Also heißt sie auch Marie!" dachte Wilhelm; "es fehlt nicht viel, so fühle ich mich achtzehnhundert Jahre zurückversetzt." Er dachte sich das ernsthaft eingeschlossene Tal, in dem er sich befand, die Trümmer und die Stille, und eine wundersam altertümliche Stimmung überfiel ihn. Es war Zeit, daß der Wirt und die Kinder hereintraten. Die letzteren forderten Wilhelm zu einem Spaziergange auf, indes der Wirt noch einigen Geschäften vorstehen wollte. Nun ging es durch die Ruinen des säulenreichen Kirchengebäudes, dessen hohe Giebel und Wände sich in Wind und Wetter zu befestigen schienen, indessen sich starke Bäume von alters her auf den breiten Mauerrücken eingewurzelt hatten und in Gesellschaft von mancherlei Gras, Blumen und Moos kühn in der Luft hängende Gärten vorstellten. Sanfte Wiesenpfade führten einen lebhaften Bach hinan, und von einiger Höhe konnte der Wanderer nun das Gebäude nebst seiner Lage mit so mehr Interesse überschauen, als ihm dessen Bewohner immer merkwürdiger geworden und durch die Harmonie mit ihrer Umgebung seine lebhafte Neugier erregt hatten.

Man kehrte zurück und fand in dem frommen Saal einen Tisch gedeckt. Obenan stand ein Lehnsessel, in den sich die Hausfrau niederließ. Neben sich hatte sie einen hohen Korb stehen, in welchem das kleine Kind lag; den Vater sodann zur linken Hand und Wilhelm zur rechten. Die drei Kinder besetzten den untern Raum des Tisches. Eine alte Magd brachte ein wohlzubereitetes Essen. Speise—und Trinkgeschirr deuteten gleichfalls auf vergangene Zeit. Die Kinder gaben Anlaß zur Unterhaltung, indessen Wilhelm die Gestalt und das Betragen seiner heiligen Wirtin nicht genugsam beobachten konnte.

Nach Tische zerstreute sich die Gesellschaft; der Wirt führte seinen Gast an eine schattige Stelle der Ruine, wo man von einem erhöhten Platze die angenehme Aussicht das Tal hinab vollkommen vor sich hatte und die Berghöhen des untern Landes mit ihren fruchtbaren Abhängen und waldigen Rücken hintereinander hinausgeschoben sah. "Es ist billig", sagte der Wirt, "daß ich Ihre Neugierde befriedige, um so mehr, als ich an Ihnen fühle, daß Sie imstande sind, auch das Wunderliche ernsthaft zu nehmen, wenn es auf einem ernsten Grunde beruht. Diese geistliche Anstalt, von der Sie noch die Reste sehen, war der heiligen Familie gewidmet und vor alters als Wallfahrt wegen mancher Wunder berühmt. Die Kirche war der Mutter und dem Sohne geweiht. Sie ist schon seit mehreren Jahrhunderten zerstört. Die Kapelle, dem heiligen Pflegevater gewidmet, hat sich erhalten, so auch der brauchbare Teil der Klostergebäude. Die Einkünfte bezieht schon seit geraumen Jahren ein weltlicher Fürst, der seinen Schaffner hier oben hält, und der bin ich, Sohn des vorigen Schaffners, der gleichfalls seinem Vater in dieser Stelle nachfolgte.

Der heilige Joseph, obgleich jede kirchliche Verehrung hier oben lange aufgehört hatte, war gegen unsere Familie so wohltätig gewesen, daß man sich nicht verwundern darf, wenn man sich besonders gut gegen ihn gesinnt fühlte; und daher kam es, daß man mich in der Taufe Joseph nannte und dadurch gewissermaßen meine Lebensweise bestimmte. Ich wuchs heran, und wenn ich mich zu meinem Vater gesellte, indem er die Einnahmen besorgte, so schloß ich mich ebenso gern, ja noch lieber an meine Mutter an, welche nach Vermögen gern ausspendete und durch ihren guten Willen und durch ihre Wohltaten im ganzen Gebirge bekannt und geliebt war. Sie schickte mich bald da-, bald dorthin, bald zu bringen, bald zu bestellen, bald zu besorgen, und ich fand mich sehr leicht in diese Art von frommem Gewerbe.

überhaupt hat das Gebirgsleben etwas Menschlicheres als das Leben auf dem flachen Lande. Die Bewohner sind einander näher und, wenn man will, auch ferner; die Bedürfnisse geringer, aber dringender. Der Mensch ist mehr auf sich gestellt, seinen Händen, seinen Füßen muß er vertrauen lernen. Der Arbeiter, der Bote, der Lastträger, alle vereinigen sich in einer Person; auch steht jeder dem andern näher, begegnet ihm öfter und lebt mit ihm in einem gemeinsamen Treiben.

Da ich noch jung war und meine Schultern nicht viel zu schleppen vermochten, fiel ich darauf, einen kleinen Esel mit Körben zu versehen und vor mir her die steilen Fußpfade hinauf und hinab zu treiben. Der Esel ist im Gebirg kein so verächtlich Tier als im flachen Lande, wo der Knecht, der mit Pferden pflügt, sich für besser hält als den andern, der den Acker mit Ochsen umreißt. Und ich ging um so mehr ohne Bedenken hinter meinem Tiere her, als ich in der Kapelle früh bemerkt hatte, daß es zur Ehre gelangt war, Gott und seine Mutter zu tragen. Doch war diese Kapelle damals nicht in dem Zustande, in welchem sie sich gegenwärtig befindet. Sie ward als ein Schuppen, ja fast wie ein Stall behandelt. Brennholz, Stangen, Gerätschaften, Tonnen und Leitern, und was man nur wollte, war übereinander geschoben. Glücklicherweise, daß die Gemälde so hoch stehen und die Täfelung etwas aushält. Aber schon als Kind erfreute ich mich besonders, über alles das Gehölz hin und her zu klettern und die Bilder zu betrachten, die mir niemand recht auslegen konnte. Genug, ich wußte, daß der Heilige, dessen Leben oben gezeichnet war, mein Pate sei, und ich erfreute mich an ihm, als ob er mein Onkel gewesen wäre. Ich wuchs heran, und weil es eine besondere Bedingung war, daß der, welcher an das einträgliche Schaffneramt Anspruch machen wollte, ein Handwerk ausüben mußte, so sollte ich, dem Willen meiner Eltern gemäß, welche wünschten, daß künftig diese gute Pfründe auf mich erben möchte, ein Handwerk lernen, und zwar ein solches, das zugleich hier oben in der Wirtschaft nützlich wäre.

Mein Vater war Bötticher und schaffte alles, was von dieser Arbeit nötig war, selbst, woraus ihm und dem Ganzen großer Vorteil erwuchs. Allein ich konnte mich nicht entschließen, ihm darin nachzufolgen. Mein Verlangen zog mich unwiderstehlich nach dem Zimmerhandwerke, wovon ich das Arbeitszeug so umständlich und genau, von Jugend auf, neben meinem Heiligen gemalt gesehen. Ich erklärte meinen Wunsch; man war mir nicht entgegen, um so weniger, als bei so mancherlei Baulichkeiten der Zimmermann oft von uns in Anspruch genommen ward, ja bei einigem Geschick und Liebe zu feinerer Arbeit, besonders in Waldgegenden, die Tischler—und sogar die Schnitzerkünste ganz nahe liegen. Und was mich noch mehr in meinen höheren Aussichten bestärkte, war jenes Gemälde, das leider nunmehr fast ganz verloschen ist. Sobald Sie wissen, was es vorstellen soll, so werden Sie sich's entziffern können, wenn ich Sie nachher davor führe. Dem heiligen Joseph war nichts Geringeres aufgetragen, als einen Thron für den König Herodes zu machen. Zwischen zwei gegebenen Säulen soll der Prachtsitz aufgeführt werden. Joseph nimmt sorgfältig das Maß von Breite und Höhe und arbeitet einen köstlichen Königsthron. Aber wie erstaunt ist er, wie verlegen, als er den Prachtsessel herbeischafft: er findet sich zu hoch und nicht breit genug. Mit König Herodes war, wie bekannt, nicht zu spaßen; der fromme Zimmermeister ist in der größten Verlegenheit. Das Christkind, gewohnt, ihn überallhin zu begleiten, ihm in kindlich demütigem Spiel die Werkzeuge nachzutragen, bemerkt seine Not und ist gleich mit Rat und Tat bei der Hand. Das Wunderkind verlangt vom Pflegevater, er solle den Thron an der einen Seite fassen; es greift in die andere Seite des Schnitzwerks, und beide fangen an zu ziehen. Sehr leicht und bequem, als wär' er von Leder, zieht sich der Thron in die Breite, verliert verhältnismäßig an der Höhe und paßt ganz vortrefflich an Ort und Stelle, zum größten Troste des beruhigten Meisters und zur vollkommenen Zufriedenheit des Königs.

Jener Thron war in meiner Jugend noch recht gut zu sehen, und an den Resten der einen Seite werden Sie bemerken können, daß am Schnitzwerk nichts gespart war, das freilich dem Maler leichter fallen mußte, als es dem Zimmermann gewesen wäre, wenn man es von ihm verlangt hätte.

Hieraus zog ich aber keine Bedenklichkeit, sondern ich erblickte das Handwerk, dem ich mich gewidmet hatte, in einem so ehrenvollen Lichte, daß ich nicht erwarten konnte, bis man mich in die Lehre tat; welches um so leichter auszuführen war, als in der Nachbarschaft ein Meister wohnte, der für die ganze Gegend arbeitete und mehrere Gesellen und Lehrburschen beschäftigen konnte. Ich blieb also in der Nähe meiner Eltern und setzte gewissermaßen mein voriges Leben fort, indem ich Feierstunden und Feiertage zu den wohltätigen Botschaften, die mir meine Mutter aufzutragen fortfuhr, verwendete."

## Die Heimsuchung

"So vergingen einige Jahre", fuhr der Erzähler fort. "Ich begriff die Vorteile des Handwerks sehr bald, und mein Körper, durch Arbeit ausgebildet, war imstande, alles zu übernehmen, was dabei gefordert wurde. Nebenher versah ich meinen alten Dienst, den ich der guten Mutter, oder vielmehr Kranken und Notdürftigen leistete. Ich zog mit meinem Tier durchs Gebirg, verteilte die Ladung pünktlich und nahm von Krämern und Kaufleuten rückwärts mit, was uns hier oben fehlte. Mein Meister war zufrieden mit mir und meine Eltern auch. Schon hatte ich das Vergnügen, auf meinen Wanderungen manches Haus zu sehen, das ich mit aufgeführt, das ich verziert hatte. Denn besonders dieses letzte Einkerben der Balken, dieses Einschneiden von

25

gewissen einfachen Formen, dieses Einbrennen zierender Figuren, dieses Rotmalen einiger Vertiefungen, wodurch ein hölzernes Berghaus den so lustigen Anblick gewährt, solche Künste waren mir besonders übertragen, weil ich mich am besten aus der Sache zog, der ich immer den Thron Herodes' und seine Zieraten im Sinne hatte.

Unter den hilfsbedürftigen Personen, für die meine Mutter eine vorzügliche Sorge trug, standen besonders junge Frauen obenan, die sich guter Hoffnung befanden, wie ich nach und nach wohl bemerken konnte, ob man schon in solchen Fällen die Botschaften gegen mich geheimnisvoll zu behandeln pflegte. Ich hatte dabei niemals einen unmittelbaren Auftrag, sondern alles ging durch ein gutes Weib, welche nicht fern das Tal hinab wohnte und Frau Elisabeth genannt wurde. Meine Mutter, selbst in der Kunst erfahren, die so manchen gleich beim Eintritt in das Leben zum Leben rettet, stand mit Frau Elisabeth in fortdauernd gutem Vernehmen, und ich mußte oft von allen Seiten hören, daß mancher unserer rüstigen Bergbewohner diesen beiden Frauen sein Dasein zu danken habe. Das Geheimnis, womit mich Elisabeth jederzeit empfing, die bündigen Antworten auf meine rätselhaften Fragen, die ich selbst nicht verstand, erregten mir sonderbare Ehrfurcht für sie, und ihr Haus, das höchst reinlich war, schien mir eine Art von kleinem Heiligtume vorzustellen.

Indessen hatte ich durch meine Kenntnisse und Handwerkstätigkeit in der Familie ziemlichen Einfluß gewonnen. Wie mein Vater als Bötticher für den Keller gesorgt hatte, so sorgte ich nun für Dach und Fach und verbesserte manchen schadhaften Teil der alten Gebäude. Besonders wußte ich einige verfallene Scheuern und Remisen für den häuslichen Gebrauch wieder nutzbar zu machen; und kaum war dieses geschehen, als ich meine geliebte Kapelle zu räumen und zu reinigen anfing. In wenigen Tagen war sie in Ordnung, fast wie Ihr sie sehet; wobei ich mich bemühte, die fehlenden oder beschädigten Teile des Täfelwerks dem Ganzen gleich wiederherzustellen. Auch solltet Ihr diese Flügeltüren des Eingangs wohl für alt genug halten; sie sind aber von meiner Arbeit. Ich habe mehrere Jahre zugebracht, sie in ruhigen Stunden zu schnitzen, nachdem ich sie vorher aus starken eichenen Bohlen im ganzen tüchtig zusammengefügt hatte. Was bis zu dieser Zeit von Gemälden nicht beschädigt oder verloschen war, hat sich auch noch erhalten, und ich half dem Glasmeister bei einem neuen Bau, mit der Bedingung, daß er bunte Fenster herstellte.

Hatten jene Bilder und die Gedanken an das Leben des Heiligen meine Einbildungskraft beschäftigt, so drückte sich das alles nur viel lebhafter bei mir ein, als ich den Raum wieder für ein Heiligtum ansehen, darin, besonders zur Sommerszeit, verweilen und über das, was ich sah oder vermutete, mit Muße nachdenken konnte. Es lag eine unwiderstehliche Neigung in mir, diesem Heiligen nachzufolgen; und da sich ähnliche Begebenheiten nicht leicht herbeirufen ließen, so wollte ich wenigstens von unten auf anfangen, ihm zu gleichen: wie ich denn wirklich durch den Gebrauch des lastbaren Tiers schon lange begonnen hatte. Das kleine Geschöpf, dessen ich mich bisher bediente, wollte mir nicht mehr genügen; ich suchte mir einen viel stattlicheren Träger aus, sorgte für einen wohlgebauten Sattel, der zum Reiten wie zum Packen gleich bequem war. Ein paar neue Körbe wurden angeschafft, und ein Netz von bunten Schnüren, Flocken und Quasten, mit klingenden Metallstiften untermischt, zierte den Hals des langohrigen Geschöpfs, das sich nun bald neben seinem Musterbilde an der Wand zeigen durfte. Niemanden fiel ein, über mich zu spotten, wenn ich in diesem Aufzuge durchs

Gebirge kam: denn man erlaubt ja gern der Wohltätigkeit eine wunderliche Außenseite.

Indessen hatte sich der Krieg, oder vielmehr die Folge desselben, unserer Gegend genähert, indem verschiedenemal gefährliche Rotten von verlaufenem Gesindel sich versammelten und hie und da manche Gewalttätigkeit, manchen Mutwillen ausübten. Durch die gute Anstalt der Landmiliz, durch Streifungen und augenblickliche Wachsamkeit wurde dem übel zwar bald gesteuert; doch verfiel man zu geschwind wieder in Sorglosigkeit, und ehe man sich's versah, brachen wieder neue übeltaten hervor.

Lange war es in unserer Gegend still gewesen, und ich zog mit meinem Saumrosse ruhig die gewohnten Pfade, bis ich eines Tages über die frisch besäte Waldblöße kam und an dem Rande des Hegegrabens eine weibliche Gestalt sitzend oder vielmehr liegend fand. Sie schien zu schlafen oder ohnmächtig zu sein. Ich bemühte mich um sie, und als sie ihre schönen Augen aufschlug und sich in die Höhe richtete, rief sie mit Lebhaftigkeit aus: "Wo ist er? habt Ihr ihn gesehen?" Ich fragte: "Wen?" Sie versetzte: "Meinen Mann!" Bei ihrem höchst jugendlichen Ansehen war mir diese Antwort unerwartet; doch fuhr ich nur um desto lieber fort, ihr beizustehen und sie meiner Teilnahme zu versichern. Ich vernahm, daß die beiden Reisenden sich wegen der beschwerlichen Fuhrwege von ihrem Wagen entfernt gehabt, um einen nähern Fußweg einzuschlagen. In der Nähe seien sie von Bewaffneten überfallen worden, ihr Mann habe sich fechtend entfernt, sie habe ihm nicht weit folgen können und sei an dieser Stelle liegengeblieben, sie wisse nicht wie lange. Sie bitte mich inständig, sie zu verlassen und ihrem Manne nachzueilen. Sie richtete sich auf ihre Füße, und die schönste, liebenswürdigste Gestalt stand vor mir; doch konnte ich leicht bemerken, daß sie sich in einem Zustande befinde, in welchem sie die Beihülfe meiner Mutter und der Frau Elisabeth wohl bald bedürfen möchte. Wir stritten uns eine Weile: denn ich verlangte, sie erst in Sicherheit zu bringen; sie verlangte zuerst Nachricht von ihrem Manne. Sie wollte sich von seiner Spur nicht entfernen, und alle meine Vorstellungen hätten vielleicht nicht gefruchtet, wenn nicht eben ein Kommando unserer Miliz, welche durch die Nachricht von neuen übeltaten rege geworden war, sich durch den Wald her bewegt hätte. Diese wurden unterrichtet, mit ihnen das Nötige verabredet, der Ort des Zusammentreffens bestimmt und so für diesmal die Sache geschlichtet. Geschwind versteckte ich meine Körbe in eine benachbarte Höhle, die mir schon öfters zur Niederlage gedient hatte, richtete meinen Sattel zum bequemen Sitz und hob, nicht ohne eine sonderbare Empfindung, die schöne Last auf mein williges Tier, das die gewohnten Pfade sogleich von selbst zu finden wußte und mir Gelegenheit gab, nebenher zu gehen.

Ihr denkt, ohne daß ich es weitläufig beschreibe, wie wunderlich mir zumute war. Was ich so lange gesucht, hatte ich wirklich gefunden. Es war mir, als wenn ich träumte, und dann gleich wieder, als ob ich aus einem Traume erwachte. Diese himmlische Gestalt, wie ich sie gleichsam in der Luft schweben und vor den grünen Bäumen sich her bewegen sah, kam mir jetzt wie ein Traum vor, der durch jene Bilder in der Kapelle sich in meiner Seele erzeugte. Bald schienen mir jene Bilder nur Träume gewesen zu sein, die sich hier in eine schöne Wirklichkeit auflösten. Ich fragte sie manches, sie antwortete mir sanft und gefällig, wie es einer anständig Betrübten ziemt. Oft bat sie mich, wenn wir auf eine entblößte Höhe kamen, stillezuhalten, mich umzusehen, zu horchen. Sie bat mich mit solcher Anmut, mit einem solchen tief wünschenden Blick unter ihren langen schwarzen Augenwimpern hervor, daß ich alles tun mußte, was nur möglich war; ja ich erkletterte eine freistehende, hohe, astlose Fichte. Nie war mir dieses Kunststück meines Handwerks willkommener gewesen; nie hatte ich mit mehr Zufriedenheit von ähnlichen Gipfeln, bei Festen und Jahrmärkten, Bänder und seidene Tücher heruntergeholt. Doch kam ich diesesmal leider ohne Ausbeute; auch oben sah und hörte ich nichts. Endlich rief sie selbst mir, herabzukommen, und winkte gar lebhaft mit der Hand; ja, als ich endlich beim Herabgleiten mich in ziemlicher Höhe losließ und heruntersprang, tat sie einen Schrei, und eine süße Freundlichkeit verbreitete sich über ihr Gesicht, da sie mich unbeschädigt vor sich sah.

Was soll ich Euch lange von den hundert Aufmerksamkeiten unterhalten, womit ich ihr den ganzen Weg über angenehm zu werden, sie zu zerstreuen suchte. Und wie könnte ich es auch! denn das ist eben die Eigenschaft der wahren Aufmerksamkeit, daß sie im Augenblick das Nichts zu Allem macht. Für mein Gefühl waren die Blumen, die ich ihr brach, die fernen Gegenden, die ich ihr zeigte, die Berge, die Wälder, die ich ihr nannte, so viel kostbare Schätze, die ich ihr zuzueignen dachte, um mich mit ihr in Verhältnis zu setzen, wie man es durch Geschenke zu tun sucht.

Schon hatte sie mich für das ganze Leben gewonnen, als wir in dem Orte vor der Türe jener guten Frau anlangten und ich schon eine schmerzliche Trennung vor mir sah. Nochmals durchlief ich ihre ganze Gestalt, und als meine Augen an den Fuß herabkamen, bückte ich mich, als wenn ich etwas am Gurte zu tun hätte, und küßte den niedlichsten Schuh, den ich in meinem Leben gesehen hatte, doch ohne daß sie es merkte. Ich half ihr herunter, sprang die Stufen hinauf und rief in die Haustüre: "Frau Elisabeth, Ihr werdet heimgesucht!" Die Gute trat hervor, und ich sah ihr über die Schultern zum Hause hinaus, wie das schöne Wesen die Stufen heraufstieg, mit anmutiger Trauer und innerlichem Selbstgefühl, dann meine würdige Alte freundlich umarmte und sich von ihr in das bessere Zimmer leiten ließ. Sie schlossen sich ein, und ich stand bei meinem Esel vor der Tür, wie einer, der kostbare Waren abgeladen hat und wieder ein ebenso armer Treiber ist als vorher." Der Lilienstengel

"Ich zauderte noch, mich zu entfernen, denn ich war unschlüssig, was ich tun sollte, als Frau Elisabeth unter die Türe trat und mich ersuchte, meine Mutter zu ihr zu berufen, alsdann umherzugehen und wo möglich von dem Manne Nachricht zu geben. "Marie läßt Euch gar sehr darum ersuchen", sagte sie. "Kann ich sie nicht noch einmal selbst sprechen?" versetzte ich. — "Das geht nicht an", sagte Frau Elisabeth, und wir trennten uns. In kurzer Zeit erreichte ich unsere Wohnung; meine Mutter war bereit, noch diesen Abend hinabzugehen und der jungen Fremden hülfreich zu sein. Ich eilte nach dem Lande hinunter und hoffte, bei dem Amtmann die sichersten Nachrichten zu erhalten. Allein er war noch selbst in Ungewißheit, und weil er mich kannte, hieß er mich die Nacht bei ihm verweilen. Sie ward mir unendlich lang, und immer hatte ich die schöne Gestalt vor Augen, wie sie auf dem Tiere schwankte und so schmerzhaft freundlich zu mir heruntersah. Jeden Augenblick hofft' ich auf Nachricht. Ich gönnte und wünschte dem guten Ehemann das Leben, und doch mochte ich sie mir so gern als Witwe denken. Das streifende Kommando fand sich nach und nach zusammen, und nach mancherlei abwechselnden Gerüchten zeigte sich endlich die Gewißheit, daß der Wagen gerettet, der unglückliche Gatte aber an seinen Wunden in dem benachbarten Dorfe gestorben sei. Auch vernahm ich, daß nach der früheren Abrede einige gegangen waren, diese Trauerbotschaft der

Frau Elisabeth zu verkündigen. Also hatte ich dort nichts mehr zu tun noch zu leisten, und doch trieb mich eine unendliche Ungeduld, ein unermeßliches Verlangen durch Berg und Wald wieder vor ihre Türe. Es war Nacht, das Haus verschlossen, ich sah Licht in den Zimmern, ich sah Schatten sich an den Vorhängen bewegen, und so saß ich gegenüber auf einer Bank, immer im Begriff anzuklopfen und immer von mancherlei Betrachtungen zurückgehalten.

Jedoch was erzähl' ich umständlich weiter, was eigentlich kein Interesse hat. Genug, auch am folgenden Morgen nahm man mich nicht ins Haus auf. Man wußte die traurige Nachricht, man bedurfte meiner nicht mehr; man schickte mich zu meinem Vater, an meine Arbeit; man antwortete nicht auf meine Fragen; man wollte mich los sein.

Acht Tage hatte man es so mit mir getrieben, als mich endlich Frau Elisabeth hereinrief. "Tretet sachte auf, mein Freund", sagte sie, "aber kommt getrost näher!" Sie führte mich in ein reinliches Zimmer, wo ich in der Ecke durch halbgeöffnete Bettvorhänge meine Schöne aufrecht sitzen sah. Frau Elisabeth trat zu ihr, gleichsam um mich zu melden, hub etwas vom Bette auf und brachte mir's entgegen: in das weißeste Zeug gewickelt den schönsten Knaben. Frau Elisabeth hielt ihn gerade zwischen mich und die Mutter, und auf der Stelle fiel mir der Lilienstengel ein, der sich auf dem Bilde zwischen Maria und Joseph als Zeuge eines reinen Verhältnisses aus der Erde hebt. Von dem Augenblicke an war mir aller Druck vom Herzen genommen; ich war meiner Sache, ich war meines Glücks gewiß. Ich konnte mit Freiheit zu ihr treten, mit ihr sprechen, ihr himmlisches Auge ertragen, den Knaben auf den Arm nehmen und ihm einen herzlichen Kuß auf die Stirn drücken.

"Wie danke ich Euch für Eure Neigung zu diesem

verwaisten Kinde!" sagte die Mutter. —Unbedachtsam und lebhaft rief ich aus: "Es ist keine Waise mehr, wenn Ihr wollt!"

Frau Elisabeth, klüger als ich, nahm mir das Kind ab und wußte mich zu entfernen.

Noch immer dient mir das Andenken jener Zeit zur glücklichsten Unterhaltung, wenn ich unsere Berge und Täler zu durchwandern genötigt bin. Noch weiß ich mir den kleinsten Umstand zurückzurufen, womit ich Euch jedoch, wie billig, verschone. Wochen gingen vorüber; Maria hatte sich erholt, ich konnte sie öfter sehen, mein Umgang mit ihr war eine Folge von Diensten und Aufmerksamkeiten. Ihre Familienverhältnisse erlaubten ihr einen Wohnort nach Belieben. Erst verweilte sie bei Frau Elisabeth; dann besuchte sie uns, meiner Mutter und mir für so vielen und freundlichen Beistand zu danken. Sie gefiel sich bei uns, und ich schmeichelte mir, es geschehe zum Teil um meinetwillen. Was ich jedoch so gern gesagt hätte und nicht zu sagen wagte, kam auf eine sonderbare und liebliche Weise zur Sprache, als ich sie in die Kapelle führte, die ich schon damals zu einem wohnbaren Saal umgeschaffen hatte. Ich zeigte und erklärte ihr die Bilder, eins nach dem andern, und entwickelte dabei die Pflichten eines Pflegevaters auf eine so lebendige und herzliche Weise, daß ihr die Tränen in die Augen traten und ich mit meiner Bilderdeutung nicht zu Ende kommen konnte. Ich glaubte ihrer Neigung gewiß zu sein, ob ich gleich nicht stolz genug war, das Andenken ihres Mannes so schnell auslöschen zu wollen. Das Gesetz verpflichtet die Witwen zu einem Trauerjahre, und gewiß ist eine solche Epoche, die den Wechsel aller irdischen Dinge in sich begreift, einem fühlenden Herzen nötig, um die schmerzlichen Eindrücke eines großen Verlustes zu mildern. Man sieht die Blumen welken und die Blätter fallen, aber man sieht auch Früchte reifen und neue Knospen keimen. Das Leben gehört den Lebendigen an, und wer lebt, muß auf Wechsel gefaßt sein.

Ich sprach nun mit meiner Mutter über die Angelegenheit, die mir so sehr am Herzen lag. Sie entdeckte mir darauf, wie schmerzlich Marien der Tod ihres Mannes gewesen und wie sie sich ganz allein durch den Gedanken, daß sie für das Kind leben müsse, wieder aufgerichtet habe. Meine Neigung war den Frauen nicht unbekannt geblieben, und schon hatte sich Marie an die Vorstellung gewöhnt, mit uns zu leben. Sie verweilte noch eine Zeitlang in der Nachbarschaft; dann zog sie zu uns herauf, und wir lebten noch eine Weile in dem frömmsten und glücklichsten Brautstande. Endlich verbanden wir uns. Jenes erste Gefühl, das uns zusammengeführt hatte, verlor sich nicht. Die Pflichten und Freuden des Pflegevaters und Vaters vereinigten sich; und so überschritt zwar unsere kleine Familie, indem sie sich vermehrte, ihr Vorbild an Zahl der Personen, aber die Tugenden jenes Musterbildes an Treue und Reinheit der Gesinnungen wurden von uns heilig bewahrt und geübt. Und so erhalten wir auch mit freundlicher Gewohnheit den äußern Schein, zu dem wir zufällig gelangt und der so gut zu unserm Innern paßt: denn ob wir gleich alle gute Fußgänger und rüstige Träger sind, so bleibt das lastbare Tier doch immer in unserer Gesellschaft, um eine oder die andere Bürde fortzubringen, wenn uns ein Geschäft oder Besuch durch diese Berge und Täler nötigt. Wie Ihr uns gestern angetroffen habt, so kennt uns die ganze Gegend, und wir sind stolz darauf, daß unser Wandel von der Art ist, um jenen heiligen Namen und Gestalten, zu deren Nachahmung wir uns bekennen, keine Schande zu machen."

Drittes Kapitel

Wilhelm an Natalien

Soeben schließe ich eine angenehme, halb wunderbare
Geschichte, die ich für dich aus dem Munde eines gar
wackern Mannes aufgeschrieben habe. Wenn es nicht ganz
seine Worte sind, wenn ich hie und da meine Gesinnungen
bei Gelegenheit der seinigen ausgedrückt habe, so war es bei
der Verwandtschaft, die ich hier mit ihm fühlte, ganz
natürlich. Jene Verehrung seines Weibes, gleicht sie nicht
derjenigen, die ich für dich empfinde? und hat nicht selbst
das Zusammentreffen dieser beiden Liebenden etwas
ähnliches mit dem unsrigen? Daß er aber glücklich genug
ist, neben dem Tiere herzugehen, das die doppelt schöne
Bürde trägt, daß er mit seinem Familienzug abends in das
alte Klostertor eindringen kann, daß er unzertrennlich von
seiner Geliebten, von den Seinigen ist, darüber darf ich ihn
wohl im stillen beneiden. Dagegen darf ich nicht einmal
mein Schicksal beklagen, weil ich dir zugesagt habe, zu
schweigen und zu dulden, wie du es auch übernommen
hast.

Gar manchen schönen Zug des Zusammenseins dieser
frommen und heitern
Menschen muß ich übergehen: denn wie ließe sich alles
schreiben!
Einige Tage sind mir angenehm vergangen, aber der dritte
mahnt mich
nun, auf meinen weitern Weg bedacht zu sein.

Mit Felix hatte ich heut einen kleinen Handel: denn er
wollte fast mich nötigen, einen meiner guten Vorsätze zu
übertreten, die ich dir angelobt habe. Ein Fehler, ein

Unglück, ein Schicksal ist mir's nun einmal, daß sich, ehe ich mich's versehe, die Gesellschaft um mich vermehrt, daß ich mir eine neue Bürde auflade, an der ich nachher zu tragen und zu schleppen habe. Nun soll auf meiner Wanderschaft kein Dritter uns ein beständiger Geselle werden. Wir wollen und sollen zu zwei sein und bleiben, und eben schien sich ein neues, eben nicht erfreuliches Verhältnis anknüpfen zu wollen.

Zu den Kindern des Hauses, mit denen Felix sich spielend diese Tage her ergötzte, hatte sich ein kleiner, munterer, armer Junge gesellt, der sich eben brauchen und mißbrauchen ließ, wie es gerade das Spiel mit sich brachte, und sich sehr geschwind bei Felix in Gunst setzte. Und ich merkte schon an allerlei Äußerungen, daß dieser sich einen Gespielen für den nächsten Weg auserkoren hatte. Der Knabe ist hier in der Gegend bekannt, wird wegen seiner Munterkeit überall geduldet und empfängt gelegentlich ein Almosen. Mir aber gefiel er nicht, und ich ersuchte den Hausherrn, ihn zu entfernen. Das geschah auch, aber Felix war unwillig darüber, und es gab eine kleine Szene.

Bei dieser Gelegenheit macht' ich eine Entdeckung, die mir angenehm war. In der Ecke der Kapelle oder des Saals stand ein Kasten mit Steinen, welchen Felix, der seit unserer Wanderung durchs Gebirg eine gewaltsame Neigung zum Gestein bekommen, eifrig hervorzog und durchsuchte. Es waren schöne, in die Augen fallende Dinge darunter. Unser Wirt sagte, das Kind könne sich auslesen, was es wolle. Es sei dieses Gestein überblieben von einer großen Masse, die ein Fremder vor kurzem von hier weggesendet. Er nannte ihn Montan, und du kannst denken, daß ich mich freute, diesen Namen zu hören, unter dem einer von unsern besten Freunden reist, dem wir so manches schuldig sind. Indem ich nach Zeit und Umständen fragte, kann ich hoffen, ihn auf meiner Wanderung bald zu treffen.

Die Nachricht, daß Montan sich in der Nähe befinde, hatte
Wilhelmen nachdenklich gemacht. Er überlegte, daß es nicht
bloß dem Zufall zu überlassen sei, ob er einen so werten
Freund wiedersehen solle, und erkundigte sich daher bei
seinem Wirte, ob man nicht wisse, wohin dieser Reisende
seinen Weg gerichtet habe. Niemand hatte davon nähere
Kenntnis, und schon war Wilhelm entschlossen, seine
Wanderung nach dem ersten Plane fortzusetzen, als Felix
ausrief: "Wenn der Vater nicht so eigen wäre, wir wollten
Montan schon finden." —"Auf welche Weise?" fragte
Wilhelm. Felix versetzte: "Der kleine Fitz sagte gestern, er
wolle den Herrn wohl aufspüren, der schöne Steine bei sich
habe und sich auch gut darauf verstünde." Nach einigem
Hin—und Widerreden entschloß sich Wilhelm zuletzt, den
Versuch zu machen und dabei auf den verdächtigen Knaben
desto mehr Acht zu geben. Dieser war bald gefunden und
brachte, da er vernahm, worauf es abgesehen sei, Schlegel
und Eisen und einen tüchtigen Hammer nebst einem
Säckchen mit und lief in seiner bergmännischen Tracht
munter vorauf.

Der Weg ging seitwärts abermals bergauf. Die Kinder
sprangen miteinander von Fels zu Fels, über Stock und
Stein, über Bach und Quelle, und ohne einen Pfad vor sich
zu haben, drang Fitz, bald rechts bald links blickend, eilig
hinauf. Da Wilhelm und besonders der bepackte Bote nicht
so schnell folgten, so machten die Knaben den Weg
mehrmals vor—und rückwärts und sangen und pfiffen. Die
Gestalt einiger fremden Bäume erregte die Aufmerksamkeit
des Felix, der nunmehr mit den Lärchen—und
Zirbelbäumen zuerst Bekanntschaft machte und von den

wunderbaren Genzianen angezogen ward. Und so fehlte es der beschwerlichen Wanderung von einer Stelle zur andern nicht an Unterhaltung.

Der kleine Fitz stand auf einmal still und horchte. Er winkte die andern herbei: "Hört ihr pochen?" sprach er. "Es ist der Schall eines Hammers, der den Fels trifft." —"Wir hören's", versetzten die andern.—"Das ist Montan!" sagte er, "oder jemand, der uns von ihm Nachricht geben kann."—Als sie dem Schalle nachgingen, der sich von Zeit zu Zeit wiederholte, trafen sie auf eine Waldblöße und sahen einen steilen, hohen, nackten Felsen über alles hervorragen, die hohen Wälder selbst tief unter sich lassend. Auf dem Gipfel erblickten sie eine Person. Sie stand zu entfernt, um erkannt zu werden. Sogleich machten sich die Kinder auf, die schroffen Pfade zu erklettern. Wilhelm folgte mit einiger Beschwerlichkeit, ja Gefahr: denn wer zuerst einen Felsen hinaufsteigt, geht immer sicherer, weil er sich die Gelegenheit aussucht; einer, der nachfolgt, sieht nur, wohin jener gelangt ist, aber nicht wie. Die Knaben erreichten bald den Gipfel, und Wilhelm vernahm ein lautes Freudengeschrei. "Es ist Jarno!" rief Felix seinem Vater entgegen, und Jarno trat sogleich an eine schroffe Stelle, reichte seinem Freunde die Hand und zog ihn aufwärts. Sie umarmten und bewillkommten sich in der freien Himmelsluft mit Entzücken.

Kaum aber hatten sie sich losgelassen, als Wilhelm ein Schwindel überfiel, nicht sowohl um seinetwillen, als weil er die Kinder über dem ungeheuren Abgrunde hängen sah. Jarno bemerkte es und hieß alle sogleich niedersetzen. "Es ist nichts natürlicher", sagte er, "als daß uns vor einem großen Anblick schwindelt, vor dem wir uns unerwartet befinden, um zugleich unsere Kleinheit und unsere Größe zu fühlen. Aber es ist ja überhaupt kein echter Genuß als da, wo man erst schwindeln muß."

"Sind denn das da unten die großen Berge, über die wir
gestiegen sind?" fragte Felix. "Wie klein sehen sie aus! Und
hier", fuhr er fort, indem er ein Stückchen Stein vom Gipfel
loslöste, "ist ja schon das Katzengold wieder; das ist ja wohl
überall?"—"Es ist weit und breit", versetzte Jarno; "und da
du nach solchen Dingen fragst, so merke dir, daß du
gegenwärtig auf dem ältesten Gebirge, auf dem frühesten
Gestein dieser Welt sitzest."—"Ist denn die Welt nicht auf
einmal gemacht?" fragte Felix.—"Schwerlich", versetzte
Montan; "gut Ding will Weile haben."—"Da unten ist also
wieder anderes Gestein", sagte Felix, "und dort wieder
anderes, und immer wieder anderes!" indem er von den
nächsten Bergen auf die entfernteren und so in die Ebene
hinab wies.

Es war ein sehr schöner Tag, und Jarno ließ sie die herrliche
Aussicht im einzelnen betrachten. Noch standen hie und da
mehrere Gipfel, dem ähnlich, worauf sie sich befanden. Ein
mittleres Gebirg schien heranzustreben, aber erreichte noch
lange die Höhe nicht. Weiter hin verflächte es sich immer
mehr, doch zeigten sich wieder seltsam vorspringende
Gestalten. Endlich wurden auch in der Ferne die Seen, die
Flüsse sichtbar, und eine fruchtreiche Gegend schien sich
wie ein Meer auszubreiten. Zog sich der Blick wieder
zurück, so drang er in schauerliche Tiefen, von Wasserfällen
durchrauscht, labyrinthisch miteinander
zusammenhängend.

Felix ward des Fragens nicht müde und Jarno gefällig
genug, ihm jede Frage zu beantworten; wobei jedoch
Wilhelm zu bemerken glaubte, daß der Lehrer nicht
durchaus wahr und aufrichtig sei. Daher, als die unruhigen
Knaben weiterkletterten, sagte Wilhelm zu seinem Freunde:
"Du hast mit dem Kinde über diese Sachen nicht

gesprochen, wie du mit dir selber darüber sprichst."—"Das ist auch eine starke Forderung", versetzte Jarno. "Spricht man ja mit sich selbst nicht immer, wie man denkt, und es ist Pflicht, andern nur dasjenige zu sagen, was sie aufnehmen können. Der Mensch versteht nichts, als was ihm gemäß ist. Die Kinder an der Gegenwart festzuhalten, ihnen eine Benennung, eine Bezeichnung zu überliefern, ist das Beste, was man tun kann. Sie fragen ohnehin früh genug nach den Ursachen."

"Es ist ihnen nicht zu verdenken", versetzte Wilhelm. "Die Mannigfaltigkeit der Gegenstände verwirrt jeden, und es ist bequemer, anstatt sie zu entwickeln, geschwind zu fragen: woher? und wohin?"—"Und doch kann man", sagte Jarno, "da Kinder die Gegenstände nur oberflächlich sehen, mit ihnen vom Werden und vom Zweck auch nur oberflächlich reden."—"Die meisten Menschen", erwiderte Wilhelm, "bleiben lebenslänglich in diesem Falle und erreichen nicht jene herrliche Epoche, in der uns das Faßliche gemein und albern vorkommt."—"Man kann sie wohl herrlich nennen", versetzte Jarno, "denn es ist ein Mittelzustand zwischen Verzweiflung und Vergötterung."—"Laß uns bei dem Knaben verharren", sagte Wilhelm, "der mir nun vor allem angelegen ist. Er hat nun einmal Freude an dem Gestein gewonnen, seitdem wir auf der Reise sind. Kannst du mir nicht so viel mitteilen, daß ich ihm, wenigstens auf eine Zeit, genugtue?"—"Das geht nicht an", sagte Jarno. "In einem jeden neuen Kreise muß man zuerst wieder als Kind anfangen, leidenschaftliches Interesse auf die Sache werfen, sich erst an der Schale freuen, bis man zu dem Kerne zu gelangen das Glück hat."

"So sage mir denn", versetzte Wilhelm, "wie bist du zu diesen Kenntnissen und Einsichten gelangt? denn es ist doch so lange noch nicht her, daß wir

auseinandergingen!"—"Mein Freund", versetzte Jarno, "wir
mußten uns resignieren, wo nicht für immer, doch für eine
gute Zeit. Das erste, was einem tüchtigen Menschen unter
solchen Umständen einfällt, ist, ein neues Leben zu
beginnen. Neue Gegenstände sind ihm nicht genug: diese
taugen nur zur Zerstreuung; er fordert ein neues Ganze
und stellt sich gleich in dessen Mitte. "—"Warum denn aber",
fiel Wilhelm ihm ein, "gerade dieses Allerseltsamste, diese
einsamste aller Neigungen?"—"Eben deshalb", rief Jarno,
"weil sie einsiedlerisch ist. Die Menschen wollt' ich meiden.
Ihnen ist nicht zu helfen, und sie hindern uns, daß man
sich selbst hilft. Sind sie glücklich, so soll man sie in ihren
Albernheiten gewähren lassen; sind sie unglücklich, so soll
man sie retten, ohne diese Albernheiten anzutasten; und
niemand fragt jemals, ob du glücklich oder unglücklich
bist."—"Es steht noch nicht so ganz schlimm mit ihnen",
versetzte Wilhelm lächelnd.— "Ich will dir dein Glück nicht
absprechen", sagte Jarno. "Wandre nur hin, du zweiter
Diogenes! Laß dein Lämpchen am hellen Tage nicht
verlöschen! Dort hinabwärts liegt eine neue Welt vor dir;
aber ich will wetten, es geht darin zu wie in der alten hinter
uns. Wenn du nicht kuppeln und Schulden bezahlen
kannst, so bist du unter ihnen nichts nütze.
"—"Unterhaltender scheinen sie mir doch", versetzte
Wilhelm, "als deine starren Felsen."—"Keineswegs", versetzte
Jarno, "denn diese sind wenigstens nicht zu
begreifen."—"Du suchst eine Ausrede", versetzte Wilhelm,
"denn es ist nicht in deiner Art, dich mit Dingen abzugeben,
die keine Hoffnung übriglassen, sie zu begreifen. Sei
aufrichtig und sage mir, was du an diesen kalten und
starren Liebhabereien gefunden hast?"—"Das ist schwer von
jeder Liebhaberei zu sagen, besonders von dieser." Dann
besann er sich einen Augenblick und sprach: "Buchstaben
mögen eine schöne Sache sein, und doch sind sie
unzulänglich, die Töne auszudrücken; Töne können wir

41

nicht entbehren, und doch sind sie bei weitem nicht hinreichend, den eigentlichen Sinn verlauten zu lassen; am Ende kleben wir am Buchstaben und am Ton und sind nicht besser dran, als wenn wir sie ganz entbehrten; was wir mitteilen, was uns überliefert wird, ist immer nur das Gemeinste, der Mühe gar nicht wert."

"Du willst mir ausweichen", sagte der Freund; "denn was soll das zu diesen Felsen und Zacken?"—"Wenn ich nun aber", versetzte jener, "eben diese Spalten und Risse als Buchstaben behandelte, sie zu entziffern suchte, sie zu Worten bildete und sie fertig zu lesen lernte, hättest du etwas dagegen?"—"Nein, aber es scheint mir ein weitläufiges Alphabet."—"Enger, als du denkst; man muß es nur kennen lernen wie ein anderes auch. Die Natur hat nur eine Schrift, und ich brauche mich nicht mit so vielen Kritzeleien herumzuschleppen. Hier darf ich nicht fürchten, wie wohl geschieht, wenn ich mich lange und liebevoll mit einem Pergament abgegeben habe, daß ein scharfer Kritikus kommt und mir versichert, das alles sei nur untergeschoben. "— Lächelnd versetzte der Freund: "Und doch wird man auch hier deine Lesarten streitig machen."—"Eben deswegen", sagte jener, "red' ich mit niemanden darüber und mag auch mit dir, eben weil ich dich liebe, das schlechte Zeug von öden Worten nicht weiter wechseln und betrieglich austauschen."

Viertes Kapitel

Beide Freunde waren, nicht ohne Sorgfalt und Mühe, herabgestiegen, um die Kinder zu erreichen, die sich unten an einem schattigen Orte gelagert hatten. Fast eifriger als der Mundvorrat wurden die gesammelten Steinmuster von Montan und Felix ausgepackt. Der letztere hatte viel zu fragen, der erstere viel zu benennen. Felix freute sich, daß jener die Namen von allen wisse, und behielt sie schnell im

43

Gedächtnis. Endlich brachte er noch einen hervor und fragte: "Wie heißt denn dieser?" Montan betrachtete ihn mit Verwunderung und sagte: "Wo habt ihr den her?" Fitz antwortete schnell: "Ich habe ihn gefunden, er ist aus diesem Lande."—"Er ist nicht aus dieser Gegend", versetzte Montan. Fitz freute sich, den überlegenen Mann in einigem Zweifel zu sehen.—"Du sollst einen Dukaten haben", sagte Montan, "wenn du mich an die Stelle bringst, wo er ansteht."— "Der ist leicht zu verdienen", versetzte Fitz, "aber nicht gleich."— "So bezeichne mir den Ort genau, daß ich ihn gewiß finden kann. Das ist aber unmöglich: denn es ist ein Kreuzstein, der von St. Jakob in Compostell kommt und den ein Fremder verloren hat, wenn du ihn nicht gar entwendet hast, da er so wunderbar aussieht." —"Gebt Euren Dukaten", sagte Fitz, "dem Reisegefährten in Verwahrung, und ich will aufrichtig bekennen, wo ich den Stein her habe. In der verfallenen Kirche zu St. Joseph befindet sich ein gleichfalls verfallener Altar. Unter den auseinandergebrochenen obern Steinen desselben entdeckt' ich eine Schicht von diesem Gestein, das jenen zur Grundlage diente, und schlug davon so viel herunter, als ich habhaft werden konnte. Wälzte man die obern Steine weg, so würde gewiß noch viel davon zu finden sein."

"Nimm dein Goldstück", versetzte Montan, "du verdienst es für diese Entdeckung. Sie ist artig genug. Man freut sich mit Recht, wenn die leblose Natur ein Gleichnis dessen, was wir lieben und verehren, hervorbringt. Sie erscheint uns in Gestalt einer Sibylle, die ein Zeugnis dessen, was von der Ewigkeit her beschlossen ist und erst in der Zeit wirklich werden soll, zum voraus niederlegt. Hierauf als auf eine wundervolle, heilige Schicht hatten die Priester ihren Altar gegründet."

Wilhelm, der eine Zeitlang zugehört und bemerkt hatte, daß

manche Benennung, manche Bezeichnung wiederkam, wiederholte seinen schon früher geäußerten Wunsch, daß Montan ihm so viel mitteilen möge, als er zum ersten Unterricht des Knaben nötig hätte. — "Gib das auf", versetzte Montan. "Es ist nichts schrecklicher als ein Lehrer, der nicht mehr weiß, als die Schüler allenfalls wissen sollen. Wer andere lehren will, kann wohl oft das Beste verschweigen, was er weiß, aber er darf nicht halbwissend sein." "Wo sind denn aber so vollkommene Lehrer zu finden?"— "Die triffst du sehr leicht", versetzte Montan. "Wo denn?" sagte Wilhelm mit einigem Unglauben. —"Da, wo die Sache zu Hause ist, die du lernen willst", versetzte Montan. "Den besten Unterricht zieht man aus vollständiger Umgebung. Lernst du nicht fremde Sprachen in den Ländern am besten, wo sie zu Hause sind? wo nur diese und keine andere weiter dein Ohr berührt?"—"Und so wärst du", fragte Wilhelm, "zwischen den Gebirgen zur Kenntnis der Gebirge gelangt?" "Das versteht sich."—"Ohne mit Menschen umzugehen?" fragte Wilhelm.— "Wenigstens nur mit Menschen", versetzte jener, "die bergartig waren. Da, wo Pygmäen, angereizt durch Metalladern, den Fels durchwühlen, das Innere der Erde zugänglich machen und auf alle Weise die schwersten Aufgaben zu lösen suchen, da ist der Ort, wo der wißbegierige Denkende seinen Platz nehmen soll. Er sieht handeln, tun, läßt geschehen und erfreut sich des Geglückten und Mißglückten. Was nützt, ist nur ein Teil des Bedeutenden. Um einen Gegenstand ganz zu besitzen, zu beherrschen, muß man ihn um sein selbst willen studieren. Indem ich aber vom Höchsten und Letzten spreche, wozu man sich erst spät durch vieles und reiches Gewahrwerden emporhebt, seh' ich die Knaben vor uns, bei denen klingt es ganz anders. Jede Art von Tätigkeit möchte das Kind ergreifen, weil alles leicht aussieht, was vortrefflich ausgeübt wird. Aller Anfang ist schwer! Das mag in einem gewissen Sinne wahr sein; allgemeiner aber kann man sagen: aller

Anfang ist leicht, und die letzten Stufen werden am schwersten und seltensten erstiegen." Wilhelm, der indessen nachgedacht hatte, sagte zu Montan: "Solltest du wirklich zu der überzeugung gegriffen haben, daß die sämtlichen Tätigkeiten, wie in der Ausübung, so auch im Unterricht zu sondern seien?"—"Ich weiß mir nichts anderes noch Besseres", erwiderte jener. "Was der Mensch leisten soll, muß sich als ein zweites Selbst von ihm ablösen, und wie könnte das möglich sein, wäre sein erstes Selbst nicht ganz davon durchdrungen?"—"Man hat aber doch eine vielseitige Bildung für vorteilhaft und notwendig gehalten."—"Sie kann es auch sein zu ihrer Zeit", versetzte jener; "Vielseitigkeit bereitet eigentlich nur das Element vor, worin der Einseitige wirken kann, dem eben jetzt genug Raum gegeben ist. Ja, es ist jetzo die Zeit der Einseitigkeiten; wohl dem, der es begreift, für sich und andere in diesem Sinne wirkt. Bei gewissen Dingen versteht sich's durchaus und sogleich. übe dich zum tüchtigen Violinisten und sei versichert, der Kapellmeister wird dir deinen Platz im Orchester mit Gunst anweisen. Mache ein Organ aus dir und erwarte, was für eine Stelle dir die Menschheit im allgemeinen Leben wohlmeinend zugestehen werde. Laß uns abbrechen! Wer es nicht glauben will, der gehe seinen Weg, auch der gelingt zuweilen; ich aber sage: von unten hinauf zu dienen, ist überall nötig. Sich auf ein Handwerk zu beschränken, ist das Beste. Für den geringsten Kopf wird es immer ein Handwerk, für den besseren eine Kunst, und der beste, wenn er eins tut, tut er alles, oder, um weniger paradox zu sein, in dem einen, was er recht tut, sieht er das Gleichnis von allem, was recht getan wird."

Dieses Gespräch, das wir nur skizzenhaft wiederliefern, verzog sich bis gegen Sonnenuntergang, der, so herrlich er war, doch die Gesellschaft nachdenken ließ, wo man die Nacht zubringen wollte: "Unter Dach wüßte ich euch nicht zu führen", sagte Fitz; "wollt ihr aber bei einem guten alten Köhler, an warmer Stätte die Nacht versitzen oder verliegen, so seid ihr willkommen." Und so folgten sie ihm alle durch wundersame Pfade zum stillen Ort, wo sich ein jeder bald einheimisch fühlen sollte.

In der Mitte eines beschränkten Waldraums lag dampfend und wärmend der wohlgewölbte Kohlenmeiler, an der Seite die Hütte von Tannenreisern, ein helles Feuerchen daneben. Man setzte sich, man richtete sich ein. Die Kinder waren sogleich um die Köhlersfrau geschäftig, welche, gastfreundlich bemüht, erhitzte Brotschnitten mit Butter zu tränken und durchziehen zu lassen, köstlich fette Bissen den hungrig Lüsternen bereitete.

Indes nun darauf die Knaben durch die kaum erhellten Fichtenstämme Versteckens spielten, wie Wölfe heulten, wie Hunde bellten, so daß auch wohl ein herzhafter Wanderer darüber hätte erschrecken mögen, besprachen sich die Freunde vertraulich über ihre Zustände. Nun aber gehörte zu den sonderbaren Verpflichtungen der Entsagenden auch die: daß sie, zusammentreffend, weder vom Vergangenen noch Künftigen sprechen durften, nur das Gegenwärtige sollte sie beschäftigen.

Jarno, der von bergmännischen Unternehmungen und den dazu erforderlichen Kenntnissen und Tatfähigkeiten den Sinn voll hatte, trug Wilhelmen auf das genaueste und vollständigste mit Leidenschaft vor, was er sich alles in beiden Weltteilen von solchen Kunsteinsichten und Fertigkeiten verspreche; wovon sich jedoch der Freund, der immer nur im menschlichen Herzen den wahren Schatz gesucht, kaum einen Begriff machen konnte, vielmehr zuletzt lächelnd erwiderte: "So stehst du ja mit dir selbst im Widerspruch, indem du erst in deinen ältern Tagen dasjenige zu treiben anfängst, wozu man von Jugend auf sollte eingeleitet sein." "Keineswegs!" erwiderte jener; "denn eben daß ich in meiner Kindheit bei einem liebenden Oheim, einem hohen Bergbeamten, erzogen wurde, daß ich mit den Pochjungen groß geworden bin, auf dem Berggraben mit ihnen kleine Rindenschiffchen niederfahren ließ, das hat mich zurück in diesen Kreis geführt, wo ich mich nun wieder behaglich und verjüngt fühle. Schwerlich kann dieser Köhlerdampf dir zusagen wie mir, der ich ihn von Kindheit auf als Weihrauch einzuschlürfen gewohnt bin. Ich habe viel in der Welt versucht und immer dasselbe gefunden: in der Gewohnheit ruht das einzige Behagen des Menschen; selbst das Unangenehme, woran wir uns gewöhnten, vermissen wir ungern. Ich quälte mich einmal gar lange mit einer Wunde, die nicht heilen wollte, und als ich endlich genas, war es mir höchst unangenehm, als der Chirurg ausblieb, sie nicht mehr verband und das Frühstück nicht mehr mit mir einnahm."

"Ich möchte aber doch", versetzte Wilhelm, "meinem Sohn einen freieren Blick über die Welt verschaffen, als ein beschränktes Handwerk zu geben vermag. Man umgrenze den Menschen, wie man wolle, so schaut er doch zuletzt in seiner Zeit umher; und wie kann er die begreifen, wenn er nicht einigermaßen weiß, was vorhergegangen ist. Und müßte er nicht mit Erstaunen in jeden Gewürzladen eintreten, wenn er keinen Begriff von den Ländern hätte, woher diese unentbehrlichen Seltsamkeiten bis zu ihm gekommen sind?"

"Wozu die Umstände?" versetzte Jarno; "lese er die Zeitungen wie jeder Philister und trinke Kaffee wie jede alte Frau. Wenn du es aber doch nicht lassen kannst und auf eine vollkommene Bildung so versessen bist, so begreif ich nicht, wie du so blind sein kannst, wie du noch lange suchen magst, wie du nicht siehst, daß du dich ganz in der Nähe einer vortrefflichen Erziehungsanstalt befindest."—"In der Nähe?" sagte Wilhelm und schüttelte den Kopf. "Freilich!" versetzte jener; "was siehst du hier?"—"Wo denn?"—"Grad hier vor der Nase." Jarno streckte seinen Zeigefinger aus und deutete und rief ungeduldig: "Was ist denn das?" —"Nun denn!" sagte Wilhelm, "ein Kohlenmeiler; aber was soll das hierzu?"—"Gut! endlich! ein Kohlenmeiler! Wie verfährt man, um ihn anzurichten?"—"Man stellt Scheite an—und übereinander."— "Wenn das getan ist, was geschieht ferner?"—"Wie mir scheint", sagte Wilhelm, "willst du auf sokratische Weise mir die Ehre antun, mir begreiflich zu machen, mich bekennen zu lassen, daß ich äußerst absurd und dickstirnig sei."

"Keineswegs!" versetzte Jarno; "fahre fort, mein Freund, pünktlich zu antworten. Also! was geschieht nun, wenn der regelmäßige Holzstoß dicht und doch luftig geschichtet worden?"—"Nun, denn! man zündet ihn an."— "Und wenn er nun durchaus entzündet ist, wenn die Flamme durch jede Ritze durchschlägt, wie beträgt man sich? läßt man's fortbrennen?"— "Keineswegs! man deckt eilig mit Rasen und Erde, mit Kohlengestiebe und was man bei der Hand hat, die durch und durch dringende Flamme zu."—"Um sie auszulöschen?" —"Keineswegs! um sie zu dämpfen."—"Und also läßt man ihr so viel Luft als nötig, daß sich alles mit Glut durchziehe, damit alles recht gar werde. Alsdann verschließt man jede Ritze, verhindert jeden Ausbruch, damit ja alles nach und nach in sich selbst verlösche, verkohle, verkühle, zuletzt auseinandergezogen als verkäufliche Ware an Schmied und Schlosser, an Bäcker und Koch abgelassen und, wenn es zu Nutzen und Frommen der lieben Christenheit genugsam gedient, als Asche von Wäscherinnen und Seifensiedern verbraucht werde."

"Nun", versetzte Wilhelm lachend, "in Bezug auf dieses

Gleichnis, wie siehst du dich denn an?"—"Das ist nicht schwer zu sagen", erwiderte Jarno, "ich halte mich für einen alten Kohlenkorb tüchtig büchener Kohlen, dabei aber erlaub' ich mir die Eigenheit, mich nur um mein selbst willen zu verbrennen, deswegen ich denn den Leuten gar wunderlich vorkomme."—"Und mich?" sagte Wilhelm, "wie wirst du mich behandeln?"—"Jetzt besonders", sagte Jarno, "seh' ich dich an wie einen Wanderstab, der die wunderliche Eigenschaft hat, in jeder Ecke zu grünen, wo man ihn hinstellt, nirgends aber Wurzel zu fassen. Nun male dir das Gleichnis weiter aus und lerne begreifen, wenn weder Förster noch Gärtner, weder Köhler noch Tischer, noch irgendein Handwerker aus dir etwas zu machen weiß."

Unter solchem Gespräch nun zog Wilhelm, ich weiß nicht zu welchem Gebrauch, etwas aus dem Busen, das halb wie eine Brieftasche, halb wie ein Besteck aussah und von Montan als ein Altbekanntes angesprochen wurde. Unser Freund leugnete nicht, daß er es als eine Art von Fetisch bei sich trage, in dem Aberglauben, sein Schicksal hange gewissermaßen von dessen Besitz ab.

Was es aber gewesen, dürfen wir an dieser Stelle dem Leser noch nicht vertrauen, so viel aber müssen wir sagen, daß hieran sich ein Gespräch anknüpfte, dessen Resultate sich endlich dahin ergaben, daß Wilhelm bekannte: wie er schon längst geneigt sei, einem gewissen besondern Geschäft, einer ganz eigentlich nützlichen Kunst sich zu widmen, vorausgesetzt, Montan werde sich bei den Verbündeten dahin verwenden, daß die lästigste aller Lebensbedingungen, nicht länger als drei Tage an einem Orte zu verweilen, baldigst aufgehoben und ihm vergönnt werde, sich zu Erreichung seines Zweckes da oder dort, wie es ihm belieben möge, aufzuhalten. Dies versprach Montan zu bewirken, nachdem jener feierlich angelobt hatte, die vertraulich ausgesprochene Absicht unablässig zu verfolgen und den einmal gefaßten Vorsatz auf das treulichste festzuhalten.

Dieses alles ernstlich durchsprechend und einander unablässig erwidernd, waren sie von ihrer Nachtstätte, wo sich eine wunderlich verdächtige Gesellschaft nach und nach versammelt hatte, bei Tagesanbruch aus dem Wald auf eine Blöße gekommen, an der sie einiges Wild antrafen, das besonders dem fröhlich auffassenden Felix viel Freude machte. Man bereitete sich zum Scheiden, denn hier deuteten die Pfade nach verschiedenen Himmelsgegenden. Fitz ward nun über die verschiedenen Richtungen befragt, der aber zerstreut schien und gegen seine Gewohnheit verworrene Antworten gab.

"Du bist überhaupt ein Schelm", sagte Jarno; "diese Männer heute nacht, die sich um uns herum setzten, kanntest du alle. Es waren Holzhauer und Bergleute, das mochte hingehen, aber die letzten halt' ich für Schmuggler, für Wilddiebe, und der lange, ganz letzte, der immer Zeichen in den Sand schrieb und den die andern mit einiger Achtung behandelten, war gewiß ein Schatzgräber, mit dem du unter der Decke spielst."

"Es sind alles gute Leute", ließ Fitz sich darauf vernehmen; "sie nähren sich kümmerlich, und wenn sie manchmal etwas tun, was die andern verbieten, so sind es arme Teufel, die sich selbst etwas erlauben müssen, nur um zu leben."

Eigentlich aber war der kleine, schelmische Junge, da er Vorbereitungen der Freunde, sich zu trennen, bemerkte, nachdenklich; er überlegte sich etwas im stillen, denn er stand zweifelhaft, welchem von beiden Teilen er folgen sollte. Er berechnete seinen Vorteil: Vater und Sohn gingen leichtsinnig mit dem Silber um, Jarno aber gar mit dem

Golde; diesen nicht loszulassen, hielt er fürs beste. Daher ergriff er sogleich eine dargebotene Gelegenheit, und als im Scheiden Jarno zu ihm sagte: "Nun, wenn ich nach St. Joseph komme, will ich sehen, ob du ehrlich bist, ich werde den Kreuzstein und den verfallenen Altar suchen."—"Ihr werdet nichts finden", sagte Fitz, "und ich werde doch ehrlich bleiben; der Stein ist dorther, aber ich habe sämtliche Stücke weggeschafft und sie hier oben verwahrt. Es ist ein kostbares Gestein, ohne dasselbe läßt sich kein Schatz heben; man bezahlt mir ein kleines Stück gar teuer. Ihr hattet ganz recht, daher kam meine Bekanntschaft mit dem hagern Manne."

Nun gab es neue Verhandlungen, Fitz verpflichtete sich an Jarno, gegen einen nochmaligen Dukaten, in mäßiger Entfernung ein tüchtiges Stück dieses seltenen Minerals zu verschaffen, wogegen er den Gang nach dem Riesenschloß abriet; weil aber dennoch Felix darauf bestand, dem Boten einschärfte, die Reisenden nicht zu tief hineinzulassen, denn niemand finde sich aus diesen Höhlen und Klüften jemals wieder heraus. Man schied, und Fitz versprach, zu guter Zeit in den Hallen des Riesenschlosses wieder einzutreffen.

Der Bote schritt voran, die beiden folgten; jener war aber kaum den Berg eine Strecke hinaufgestiegen, als Felix bemerkte, man gehe nicht den Weg, auf welchen Fitz gedeutet habe. Der Bote versetzte jedoch: "Ich muß es besser wissen! Denn erst in diesen Tagen hat ein gewaltiger Sturm die nächste Waldstrecke niedergestürzt; die kreuzweis übereinandergeworfenen Bäume versperren diesen Weg: folgt mir, ich bring' euch an Ort und Stelle." Felix verkürzte sich den beschwerlichen Pfad durch lebhaften Schritt und Sprung von Fels zu Fels und freute sich über sein erworbenes Wissen, daß er nun von Granit zu Granit hüpfe.

Und so ging es aufwärts, bis er endlich auf zusammengestürzten schwarzen Säulen stehenblieb und auf einmal das Riesenschloß vor Augen sah. Wände und Säulen ragten auf einem einsamen Gipfel hervor, geschlossene Säulenwände bildeten Pforten an Pforten, Gänge nach Gängen. Ernstlich warnte der Bote, sich nicht hineinzuverlieren, und an einem sonnigen, über weite Aussicht gebietenden Flecke, die Aschenspur seiner Vorgänger bemerkend, war er geschäftig, ein prasselndes Feuer zu unterhalten. Indem er nun an solchen Stellen eine frugale Kost zu bereiten schon gewohnt war und Wilhelm in der himmelweiten Aussicht von der Gegend näher Erkundigung einzog, durch die er zu wandern gedachte, war Felix verschwunden; er mußte sich in die Höhle verloren haben, auf Rufen und Pfeifen antwortete er nicht und kam nicht wieder zum Vorschein.

Wilhelm aber, der, wie es einem Pilger ziemt, auf manche Fälle vorbereitet war, brachte aus seiner Jagdtasche einen Knaul Bindfaden hervor, band ihn sorgfältig fest und vertraute sich dem leitenden Zeichen, an dem er seinen Sohn hineinzuführen schon die Absicht gehabt hatte. So ging er vorwärts und ließ von Zeit zu Zeit sein Pfeifchen erschallen, lange vergebens. Endlich aber erklang aus der Tiefe ein schneidender Pfiff, und bald darauf schaute Felix am Boden aus einer Kluft des schwarzen Gesteines hervor. "Bist du allein?" lispelte bedenklich der Knabe. — "Ganz allein!" versetzte der Vater. — "Reiche mir Scheite! reiche mir Knüttel!" sagte der Knabe, empfing sie und verschwand, nachdem er ängstlich gerufen hatte: "Laß niemand in die Höhle!" Nach einiger Zeit aber tauchte er wieder auf, forderte noch längeres und stärkeres Holz. Der Vater harrte sehnlich auf die Lösung dieses Rätsels. Endlich erhub sich der Verwegene schnell aus der Spalte und brachte ein Kästchen mit, nicht größer als ein kleiner Oktavband, von prächtigem altem

Ansehn, es schien von Gold zu sein, mit Schmelz geziert.
"Stecke es zu dir, Vater, und laß es niemand sehn!" Er
erzählte darauf mit Hast, wie er, aus innerem geheimem,
Antrieb, in jene Spalte gekrochen sei und unten einen
dämmerhellen Raum gefunden habe. In demselben stand,
wie er sagte, ein großer eiserner Kasten, zwar nicht
verschlossen, dessen Deckel jedoch nicht zu erheben, kaum
zu lüften war. Um nun darüber Herr zu werden, habe er die
Knüttel verlangt, sie teils als Stützen unter den Deckel
gestellt, teils als Keile dazwischengeschoben, zuletzt habe er
den Kasten zwar leer, in einer Ecke desselben jedoch das
Prachtbüchlein gefunden. Sie versprachen sich beiderseits
deshalb ein tiefes Geheimnis.

Mittag war vorüber, etwas hatte man genossen, Fitz war
noch nicht, wie er versprochen, gekommen; Felix aber,
besonders unruhig, sehnte sich von dem Orte weg, wo der
Schatz irdischer oder unterirdischer Wiederforderung
ausgesetzt schien. Die Säulen kamen ihm schwärzer, die
Höhlen tiefer vor. Ein Geheimnis war ihm aufgeladen, ein
Besitz, rechtmäßig oder unrechtmäßig? sicher oder
unsicher? Die Ungeduld trieb ihn von der Stelle, er glaubte
die Sorge loszuwerden, wenn er den Platz veränderte.

Sie schlugen den Weg ein nach jenen ausgedehnten Gütern
des großen Landbesitzers, von dessen Reichtum und
Sonderbarkeiten man ihnen so viel erzählt hatte. Felix
sprang nicht mehr wie am Morgen, und alle drei gingen
stundenlang vor sich hin. Einigemal wollt' er das Kästchen
sehn, der Vater, auf den Boten hindeutend, wies ihn zur
Ruhe. Nun war er voll Verlangen, Fitz möge kommen. Dann
scheute er sich wieder vor dem Schelmen; bald pfiff er, um
ein Zeichen zu geben, dann reute ihn schon, es getan zu
haben, und so dauerte das Schwanken immerfort, bis Fitz
endlich sein Pfeifchen aus der Ferne hören ließ. Er

entschuldigte sein Außenbleiben vom Riesenschlosse, er habe sich mit Jarno verspätet, der Windbruch habe ihn gehindert; dann forschte er genau, wie es ihnen zwischen Säulen und Höhlen gegangen sei? Wie tief sie vorgedrungen? Felix erzählte ihm ein Märchen über das andere, halb übermütig, halb verlegen; er sah den Vater lächelnd an, zupfte ihn verstohlen und tat alles mögliche, um an den Tag zu geben, daß er heimlich besitze und daß er sich verstelle.

Sie waren endlich auf einen Fuhrweg gelangt, der sie bequem zu jenen Besitztümern hinführen sollte; Fitz aber behauptete, einen näheren und bessern Weg zu kennen; auf welchem der Bote sie nicht begleiten wollte und den geraden, breiten, eingeschlagenen Weg vor sich hinging. Die beiden Wanderer vertrauten dem losen Jungen und glaubten wohlgetan zu haben, denn nun ging es steil den Berg hinab, durch einen Wald der hoch—und schlankstämmigsten Lärchenbäume, der, immer durchsichtiger werdend, ihnen zuletzt die schönste Besitzung, die man sich nur denken kann, im klarsten Sonnenlichte sehen ließ.

Ein großer Garten, nur der Fruchtbarkeit, wie es schien, gewidmet, lag, obgleich mit Obstbäumen reichlich ausgestattet, offen vor ihren Augen, indem er regelmäßig, in mancherlei Abteilungen, einen zwar im ganzen abhängigen, doch aber mannigfaltig bald erhöhten, bald vertieften Boden bedeckte. Mehrere Wohnhäuser lagen darin zerstreut, so daß der Raum verschiedenen Besitzern anzugehören schien, der jedoch, wie Fitz versicherte, von einem einzigen Herrn beherrscht und benutzt ward. über den Garten hinaus erblickten sie eine unabsehbare Landschaft, reichlich bebaut und bepflanzt. Sie konnten Seen und Flüsse deutlich unterscheiden.

Sie waren den Berg hinab immer näher gekommen und glaubten nun sogleich im Garten zu sein, als Wilhelm stutzte und Fitz seine Schadenfreude nicht verbarg: denn eine jähe Kluft am Fuße des Berges tat sich vor ihnen auf und zeigte gegenüber eine bisher verborgene hohe Mauer, schroff genug von außen, obgleich von innen durch das Erdreich völlig ausgefüllt. Ein tiefer Graben trennte sie also von dem Garten, in den sie unmittelbar hineinsahen. "Wir haben noch hinüber einen ziemlichen Umweg zu machen", sagte Fitz, "wenn wir die Straße, die hineinführt, erreichen wollen. Doch weiß ich auch einen Eingang von dieser Seite, wo wir um ein gutes näher gehen. Die Gewölbe, durch die das Bergwasser bei Regengüssen in den Garten geregelt hineinstürzt, öffnen sich hier; sie sind hoch und breit genug, daß man mit ziemlicher Bequemlichkeit hindurchkommen kann." Als Felix von Gewölben hörte, konnte er vor Begierde sich nicht lassen, diesen Eingang zu betreten. Wilhelm folgte den Kindern, und sie stiegen zusammen die ganz trocken liegenden hohen Stufen dieser Zuleitungsgewölbe hinunter. Sie befanden sich bald im Hellen, bald im Dunkeln, je nachdem von Seitenöffnungen her das Licht hereinfiel oder von Pfeilern und Wänden aufgehalten ward. Endlich gelangten sie auf einen ziemlich gleichen Fleck und schritten langsam vor, als auf einmal in ihrer Nähe ein Schuß fiel, zu gleicher Zeit sich zwei verborgene Eisengitter schlossen und sie von beiden Seiten einsperrten. Zwar nicht die ganze Gesellschaft: nur Wilhelm und Felix waren gefangen. Denn Fitz, als der Schuß fiel, sprang sogleich rückwärts, und das zuschlagende Gitter faßte nur seinen weiten Ärmel; er aber, sehr geschwind das Jäckchen abwerfend, war entflohen, ohne sich einen Augenblick aufzuhalten.

Die beiden Eingekerkerten hatten kaum Zeit, sich von ihrem Erstaunen zu erholen, als sie Menschenstimmen vernahmen, welche sich langsam zu nähern schienen. Bald darauf traten Bewaffnete mit Fackeln an die Gitter und neugierigen Blicks, was sie für einen Fang möchten getan haben. Sie fragten zugleich, ob man sich gutwillig ergeben wolle. "Hier kann von keinem Ergeben die Rede sein", versetzte Wilhelm; "wir sind in eurer Gewalt. Eher haben wir Ursache zu fragen, ob ihr uns schonen wollt. Die einzige Waffe, die wir bei uns haben, liefere ich euch aus", und mit diesen Worten reichte er seinen Hirschfänger durchs Gitter; dieses öffnete sich sogleich, und man führte ganz gelassen die Ankömmlinge mit sich vorwärts, und als man sie einen Wendelstieg hinaufgebracht hatte, befanden sie sich bald an einem seltsamen Orte; es war ein geräumiges, reinliches Zimmer, durch kleine, unter dem Gesimse hergehende Fenster erleuchtet, die ungeachtet der starken Eisenstäbe Licht genug verbreiteten. Für Sitze, Schlafstellen, und was man allenfalls sonst in einer mäßigen Herberge verlangen könnte, war gesorgt, und es schien dem, der sich hier befand, nichts als die Freiheit zu fehlen.

Wilhelm hatte sich bei seinem Eintritt sogleich niedergesetzt und überdachte den Zustand; Felix hingegen, nachdem er sich von dem ersten Erstaunen erholt hatte, brach in eine unglaubliche Wut aus. Diese steilen Wände, diese hohen Fenster, diese festen Türen, diese Abgeschlossenheit, diese Einschränkung war ihm ganz neu. Er sah sich um, er rannte hin und her, stampfte mit den Füßen, weinte, rüttelte an den Türen, schlug mit den Fäusten dagegen, ja er war im Begriff, mit dem Schädel dawiderzurennen, hätte nicht Wilhelm ihn gefaßt und mit Kraft festgehalten.

"Besieh dir das nur ganz gelassen, mein Sohn", fing der Vater an, "denn Ungeduld und Gewalt helfen uns nicht aus dieser Lage. Das Geheimnis wird sich aufklären; aber ich müßte mich höchlich irren, oder wir sind in keine schlechten Hände gefallen. Betrachte diese Inschriften: "Dem Unschuldigen Befreiung und Ersatz, dem Verführten Mitleiden, dem Schuldigen ahndende Gerechtigkeit." Alles dieses zeigt uns an, daß diese Anstalten Werke der Notwendigkeit, nicht der Grausamkeit sind. Der Mensch hat nur allzusehr Ursache, sich vor dem Menschen zu schützen. Der Mißwollenden gibt es gar viele, der Mißtätigen nicht wenige, und um zu leben, wie sich's gehört, ist nicht genug, immer wohlzutun."

Felix hatte sich zusammengenommen, warf sich aber sogleich auf eine der Lagerstätten, ohne weiteres äußern noch Erwidern. Der Vater ließ nicht ab und sprach ferner: "Laß dir diese Erfahrung, die du so früh und unschuldig machst, ein lebhaftes Zeugnis bleiben, in welchem und in was für einem vollkommenen Jahrhundert du geboren bist. Welchen Weg mußte nicht die Menschheit machen, bis sie dahin gelangte, auch gegen Schuldige gelind, gegen Verbrecher schonend, gegen Unmenschliche menschlich zu sein! Gewiß waren es Männer göttlicher Natur, die dies zuerst lehrten, die ihr Leben damit zubrachten, die Ausübung möglich zu machen und zu beschleunigen. Des Schönen sind die Menschen selten fähig, öfter des Guten; und wie hoch müssen wir daher diejenigen halten, die dieses mit großen Aufopferungen zu befördern suchen."

Diese tröstlich belehrenden Worte, welche die Absicht der einschließenden Umgebung völlig rein ausdrückten, hatte Felix nicht vernommen; er lag im tiefsten Schlafe, schöner und frischer als je; denn eine Leidenschaft, wie sie ihn sonst nicht leicht ergriff, hatte sein ganzes Innerste auf die vollen Wangen hervorgetrieben. Ihn mit Gefälligkeit beschauend, stand der Vater, als ein wohlgebildeter junger Mann hereintrat, der, nachdem er den Ankömmling einige Zeit freundlich angesehen, anfing, ihn über die Umstände zu befragen, die ihn auf den ungewöhnlichen Weg und in diese Falle geführt hätten. Wilhelm erzählte die Begebenheit ganz schlicht, überreichte ihm einige Papiere, die seine Person aufzuklären dienten, und berief sich auf den Boten, der nun bald auf dem ordentlichen Wege von einer andern Seite anlangen müsse. Als dieses alles so weit im klaren war, ersuchte der Beamte seinen Gast, ihm zu folgen. Felix war nicht zu erwecken, die Untergebenen trugen ihn daher auf der tüchtigen Matratze, wie ehmals den unbewußten Ulyß, in die freie Luft.

Wilhelm folgte dem Beamten in ein schönes Gartenzimmer, wo Erfrischungen aufgesetzt wurden, die er genießen sollte, indessen jener ging, an höherer Stelle Bericht abzustatten. Als Felix erwachend ein gedecktes Tischchen, Obst, Wein, Zwieback und zugleich die Heiterkeit der offenstehenden Türe bemerkte, ward es ihm ganz wunderlich zumute. Er läuft hinaus, er kehrt zurück, er glaubt geträumt zu haben; und hatte bald bei so guter Kost und so angenehmer Umgebung den vorhergegangenen Schrecken und alle Bedrängnis, wie einen schweren Traum am hellen Morgen, vergessen.

Der Bote war angelangt, der Beamte kam mit ihm und einem andern, ältlichen, noch freundlichern Manne zurück, und die Sache klärte sich folgendergestalt auf. Der Herr dieser Besitzung, im höhern Sinne wohltätig, daß er alles um sich her zum Tun und Schaffen aufregte, hatte aus seinen unendlichen Baumschulen, seit mehreren Jahren, fleißigen und sorgfältigen Anbauern die jungen Stämme umsonst, nachlässigen um einen gewissen Preis und denen, die damit handeln wollten, gleichfalls, doch um einen billigen, überlassen. Aber auch diese beiden Klassen forderten umsonst, was die Würdigen umsonst erhielten, und da man ihnen nicht nachgab, suchten sie die Stämme zu entwenden.

Auf mancherlei Weise war es ihnen gelungen. Dieses verdroß den Besitzer um so mehr, da nicht allein die Baumschulen geplündert, sondern auch durch übereilung verderbt worden waren. Man hatte Spur, daß sie durch die Wasserleitung hereingekommen, und deshalb eine solche Gitterfalle mit einem Selbstschuß eingerichtet, der aber nur als Zeichen gelten sollte. Der kleine Knabe hatte sich unter mancherlei Vorwänden mehrmals im Garten sehen lassen, und es war nichts natürlicher, als daß er aus Kühnheit und Schelmerei die Fremden einen Weg führen wollte, den er früher zu anderm Zwecke ausgefunden. Man hätte gewünscht, seiner habhaft zu werden; indessen wurde sein Wämschen unter andern gerichtlichen Gegenständen aufgehoben.

Fünftes Kapitel

Auf dem Wege nach dem Schlosse fand unser Freund zu seiner Verwunderung nichts, was einem älteren Lustgarten oder einem modernen Park ähnlich gewesen wäre; gradlinig gepflanzte Fruchtbäume, Gemüsfelder, große Strecken mit Heilkräutern bestellt, und was nur irgend brauchbar konnte geachtet werden, übersah er auf sanft abhängiger Fläche mit einem Blicke. Ein von hohen Linden umschatteter Platz breitete sich würdig als Vorhalle des ansehnlichen Gebäudes, eine lange, daranstoßende Allee, gleichen Wuchses und Würde, gab zu jeder Stunde des Tags Gelegenheit, im Freien zu verkehren und zu lustwandeln. Eintretend in das Schloß, fand er die Wände der Hausflur auf eigene Weise bekleidet; große, geographische Abbildungen aller vier Weltteile fielen ihm in die Augen; stattliche Treppenwände waren gleichfalls mit Abrissen einzelner Reiche geschmückt, und in den Hauptsaal eingelassen, fand er sich umgeben von Prospekten der merkwürdigsten Städte, oben und unten eingefaßt von landschaftlicher Nachbildung der Gegenden, worin sie gelegen sind, alles kunstreich dargestellt, so daß die Einzelnheiten deutlich in die Augen fielen und zugleich ein ununterbrochener Bezug durchaus bemerkbar blieb.

Der Hausherr, ein kleiner, lebhafter Mann von Jahren, bewillkommte den Gast und fragte, ohne weitere Einleitung, gegen die Wände deutend: ob ihm vielleicht eine dieser Städte bekannt sei, und ob er daselbst jemals sich aufgehalten? Von manchem konnte nun der Freund auslangende Rechenschaft geben und beweisen, daß er mehrere Orte nicht allein gesehen, sondern auch ihre Zustände und Eigenheiten gar wohl zu bemerken gewußt.

Der Hausherr klingelte und befahl, ein Zimmer den beiden Ankömmlingen anzuweisen, auch sie später zum Abendessen zu führen; dies geschah denn auch. In einem großen Erdsaale entgegneten ihm zwei Frauenzimmer, wovon die eine mit großer Heiterkeit zu ihm sprach: "Sie finden hier kleine Gesellschaft, aber gute; ich, die jüngere Nichte, heiße Hersilie, diese, meine ältere Schwester, nennt man Juliette, die beiden Herren sind Vater und Sohn, Beamte, die Sie kennen, Hausfreunde, die alles Vertrauen genießen, das sie verdienen. Setzen wir uns!" Die beiden Frauenzimmer nahmen Wilhelm in die Mitte, die Beamten saßen an beiden Enden, Felix an der andern langen Seite, wo er sich sogleich Hersilien gegenüber gerückt hatte und kein Auge von ihr verwendete.

Nach vorläufigem allgemeinem Gespräch ergriff Hersilie Gelegenheit zu sagen: "Damit der Fremde desto schneller mit uns vertraut und in unsere Unterhaltung eingeweiht werde,

61

muß ich bekennen, daß bei uns viel gelesen wird und daß wir uns, aus Zufall, Neigung, auch wohl Widerspruchsgeist, in die verschiedenen Literaturen geteilt haben. Der Oheim ist fürs Italienische, die Dame hier nimmt es nicht übel, wenn man sie für eine vollendete Engländerin hält, ich aber halte mich an die Franzosen, sofern sie heiter und zierlich sind. Hier, Amtmann Papa erfreut sich des deutschen Altertums, und der Sohn mag denn, wie billig, dem Neuern, Jüngern seinen Anteil zuwenden. Hiernach werden Sie uns beurteilen, hiernach teilnehmen, einstimmen oder streiten; in jedem Sinne werden Sie willkommen sein." Und in diesem Sinne belebte sich auch die Unterhaltung.

Indessen war die Richtung der feurigen Blicke des schönen Felix Hersilien keineswegs entgangen, sie fühlte sich überrascht und geschmeichelt und sendete ihm die vorzüglichsten Bissen, die er freudig und dankbar empfing. Nun aber, als er beim Nachtisch über einen Teller Apfel zu ihr hinsah, glaubte sie, in den reizenden Früchten ebenso viel Rivale zu erblicken. Gedacht, getan, sie faßte einen Apfel und reichte ihn dem heranwachsenden Abenteurer über den Tisch hinüber; dieser, hastig zugreifend, fing sogleich zu schälen an; unverwandt aber nach der reizenden Nachbarin hinblickend, schnitt er sich tief in den Daumen. Das Blut floß lebhaft; Hersilie sprang auf, bemühte sich um ihn, und als sie das Blut gestillt, schloß sie die Wunde mit englischem Pflaster aus ihrem Besteck. Indessen hatte der Knabe sie angefaßt und wollte sie nicht loslassen; die Störung ward allgemein, die Tafel aufgehoben, und man bereitete sich zu scheiden.

"Sie lesen doch auch vor Schlafengehn?" fragte Hersilie zu Wilhelm; "ich schicke Ihnen ein Manuskript, eine übersetzung aus dem Französischen von meiner Hand, und Sie sollen sagen, ob Ihnen viel Artigeres vorgekommen ist.

Ein verrücktes Mädchen tritt auf, das möchte keine
sonderliche Empfehlung sein, aber wenn ich jemals närrisch
werden möchte, wie mir manchmal die Lust ankommt, so
wär' es auf diese Weise." Die pilgernde Törin

Herr von Revanne, ein reicher Privatmann, besitzt die
schönsten Ländereien seiner Provinz. Nebst Sohn und
Schwester bewohnt er ein Schloß, das eines Fürsten würdig
wäre; und in der Tat, wenn sein Park, seine Wasser, seine
Pachtungen, seine Manufakturen, sein Hauswesen auf sechs
Meilen umher die Hälfte der Einwohner ernähren, so ist er
durch sein Ansehn und durch das Gute, das er stiftet,
wirklich ein Fürst.

Vor einigen Jahren spazierte er an den Mauern seines Parks
hin auf der Heerstraße, und ihm gefiel, in einem
Lustwäldchen auszuruhen, wo der Reisende gern verweilt.
Hochstämmige Bäume ragen über junges, dichtes Gebüsch;
man ist vor Wind und Sonne geschützt; ein sauber gefaßter
Brunnen sendet sein Wasser über Wurzeln, Steine und
Rasen. Der Spazierende hatte wie gewöhnlich Buch und
Flinte bei sich. Nun versuchte er zu lesen, öfters durch
Gesang der Vögel, manchmal durch Wanderschritte
angenehm abgezogen und zerstreut.

Ein schöner Morgen war im Vorrücken, als jung und
liebenswürdig ein Frauenzimmer sich gegen ihn her
bewegte. Sie verließ die Straße, indem sie sich Ruhe und
Erquickung an dem frischen Orte zu versprechen schien, wo
er sich befand. Sein Buch fiel ihm aus den Händen,
überrascht wie er war. Die Pilgerin mit den schönsten
Augen von der Welt und einem Gesicht, durch Bewegung
angenehm belebt, zeichnete sich an Körperbau, Gang und
Anstand dergestalt aus, daß er unwillkürlich von seinem
Platze aufstand und nach der Straße blickte, um das Gefolge
kommen zu sehen, das er hinter ihr vermutete. Dann zog

die Gestalt abermals, indem sie sich edel gegen ihn verbeugte, seine Aufmerksamkeit an sich, und ehrerbietig erwiderte er den Gruß. Die schöne Reisende setzte sich an den Rand des Quells, ohne ein Wort zu sagen und mit einem Seufzer.

"Seltsame Wirkung der Sympathie!" rief Herr von Revanne, als er mir die Begebenheit erzählte, "dieser Seufzer ward in der Stille von mir erwidert. Ich blieb stehen, ohne zu wissen, was ich sagen oder tun sollte. Meine Augen waren nicht hinreichend, diese Vollkommenheiten zu fassen. Ausgestreckt wie sie lag, auf einen Ellbogen gelehnt, es war die schönste Frauengestalt, die man sich denken konnte! Ihre Schuhe gaben mir zu eigenen Betrachtungen Anlaß; ganz bestaubt, deuteten sie auf einen langen zurückgelegten Weg, und doch waren ihre seidenen Strümpfe so blank, als wären sie eben unter dem Glättstein hervorgegangen. Ihr aufgezogenes Kleid war nicht zerdrückt; ihre Haare schienen diesen Morgen erst gelockt; feines Weißzeug, feine Spitzen; sie war angezogen, als wenn sie zum Balle gehen sollte. Auf eine Landstreicherin deutete nichts an ihr, und doch war sie's; aber eine beklagenswerte, eine verehrungswürdige.

Zuletzt benutzte ich einige Blicke, die sie auf mich warf, sie zu fragen, ob sie allein reise. "Ja, mein Herr", sagte sie, "ich bin allein auf der Welt."—"Wie? Madame, Sie sollten ohne Eltern, ohne Bekannte sein?"—"Das wollte ich eben nicht sagen, mein Herr. Eltern hab' ich, und Bekannte genug; aber keine Freunde."— "Daran", fuhr ich fort, "können Sie wohl unmöglich schuld sein. Sie haben eine Gestalt und gewiß auch ein Herz, denen sich viel vergeben läßt."

Sie fühlte die Art von Vorwurf, den mein Kompliment verbarg, und ich machte mir einen guten Begriff von ihrer Erziehung. Sie öffnete gegen mich zwei himmlische Augen vom vollkommensten, reinsten Blau, durchsichtig und glänzend; hierauf sagte sie mit edlem Tone: sie könne es einem Ehrenmanne, wie ich zu sein scheine, nicht verdenken, wenn er ein junges Mädchen, das er allein auf der Landstraße treffe, einigermaßen verdächtig halte: ihr sei das schon öfter entgegen gewesen; aber ob sie gleich fremd sei, obgleich niemand das Recht habe, sie auszuforschen, so bitte sie doch zu glauben, daß die Absicht ihrer Reise mit der gewissenhaftesten Ehrbarkeit bestehen könne. Ursachen, von denen sie niemand Rechenschaft schuldig sei, nötigten sie, ihre Schmerzen in der Welt umherzuführen. Sie habe gefunden, daß die Gefahren, die man für ihr Geschlecht befürchte, nur eingebildet seien und daß die Ehre eines Weibes, selbst unter Straßenräubern, nur bei Schwäche des Herzens und der Grundsätze Gefahr laufe.

übrigens gehe sie nur zu Stunden und auf Wegen, wo sie sich sicher glaube, spreche nicht mit jedermann und verweile manchmal an schicklichen Orten, wo sie ihren Unterhalt erwerben könne durch Dienstleistung in der Art, wonach sie erzogen worden. Hier sank ihre Stimme, ihre Augenlider neigten sich, und ich sah einige Tränen ihre Wangen herabfallen.

Ich versetzte darauf, daß ich keineswegs an ihrem guten Herkommen zweifle, so wenig als an einem achtungswerten Betragen. Ich bedaure sie nur, daß irgendeine Notwendigkeit sie zu dienen zwinge, da sie so wert scheine, Diener zu finden; und daß ich, ungeachtet einer lebhaften Neugierde, nicht weiter in sie dringen wolle, vielmehr mich durch ihre nähere Bekanntschaft zu überzeugen wünsche, daß sie überall für ihren Ruf ebenso besorgt sei als für ihre Tugend. Diese Worte schienen sie abermals zu verletzen, denn sie antwortete: Namen und Vaterland verberge sie, eben um des Rufs willen, der denn doch am Ende meistenteils weniger Wirkliches als Mutmaßliches enthalte.

Biete sie ihre Dienste an, so weise sie Zeugnisse der letzten Häuser vor, wo sie etwas geleistet habe, und verhehle nicht, daß sie über Vaterland und Familie nicht befragt sein wolle. Darauf bestimme man sich und stelle dem Himmel oder ihrem Worte die Unschuld ihres ganzen Lebens und ihre Redlichkeit anheim."

äußerungen dieser Art ließen keine Geistesverwirrung bei der schönen Abenteurerin argwöhnen. Herr von Revanne, der einen solchen Entschluß, in die Welt zu laufen, nicht gut begreifen konnte, vermutete nun, daß man sie vielleicht gegen ihre Neigung habe verheiraten wollen. Hernach fiel er darauf, ob es nicht etwa gar Verzweiflung aus Liebe sei; und wunderlich genug, wie es aber mehr zu gehen pflegt, indem er ihr Liebe für einen andern zutraute, verliebte er sich selbst und fürchtete, sie möchte weiterreisen. Er konnte seine Augen nicht von dem schönen Gesicht wegwenden, das von einem grünen Halblichte verschönert war. Niemals zeigte, wenn es je Nymphen gab, auf den Rasen sich eine schönere hingestreckt; und die etwas romanhafte Art dieser Zusammenkunft verbreitete einen Reiz, dem er nicht zu widerstehen vermochte.

Ohne daher die Sache viel näher zu betrachten, bewog Herr von Revanne die schöne Unbekannte, sich nach dem Schlosse führen zu lassen. Sie macht keine Schwierigkeit, sie geht mit und zeigt sich als eine Person, der die große Welt bekannt ist. Man bringt Erfrischungen, welche sie annimmt, ohne falsche Höflichkeit und mit dem anmutigsten Dank. In Erwartung des Mittagessens zeigt man ihr das Haus. Sie bemerkt nur, was Auszeichnung verdient, es sei an Möbeln, Malereien, oder es betreffe die schickliche Einteilung der Zimmer. Sie findet eine Bibliothek, sie kennt die guten Bücher und spricht darüber mit Geschmack und Bescheidenheit. Kein Geschwätz, keine Verlegenheit. Bei Tafel ein ebenso edles und natürliches Betragen und den liebenswürdigsten Ton der Unterhaltung. So weit ist alles verständig in ihrem Gespräch, und ihr Charakter scheint so liebenswürdig wie ihre Person.

Nach der Tafel machte sie ein kleiner mutwilliger Zug noch schöner, und indem sie sich an Fräulein Revanne mit einem Lächeln wendet, sagt sie: es sei ihr Brauch, ihr Mittagsmahl durch eine Arbeit zu bezahlen und, sooft es ihr an Geld fehle, Nähnadeln von den Wirtinnen zu verlangen. "Erlauben Sie", fügte sie hinzu, "daß ich eine Blume auf einem Ihrer Stickrahmen lasse, damit Sie künftig bei deren Anblick der armen Unbekannten sich erinnern mögen." Fräulein von Revanne versetzte darauf, daß es ihr sehr leid tue, keinen aufgezogenen Grund zu haben, und deshalb das Vergnügen, ihre Geschicklichkeit zu bewundern, entbehren müsse. Alsbald wendete die Pilgerin ihren Blick auf das Klavier. "So will ich denn", sagte sie, "meine Schuld mit Windmünze abtragen, wie es auch ja sonst schon die Art umherstreifender Sänger war." Sie versuchte das Instrument mit zwei oder drei Vorspielen, die eine sehr geübte Hand ankündigten. Man zweifelte nicht mehr, daß sie ein Frauenzimmer von Stande sei, ausgestattet mit allen liebenswürdigen Geschicklichkeiten. Zuerst war ihr Spiel aufgeweckt und glänzend; dann ging sie zu ernsten Tönen über, zu Tönen einer tiefen Trauer, die man zugleich in ihren Augen erblickte. Sie netzten sich mit Tränen, ihr Gesicht verwandelte sich, ihre Finger hielten an; aber auf einmal überraschte sie jedermann, indem sie ein mutwilliges Lied, mit der schönsten Stimme von der Welt, lustig und lächerlich vorbrachte. Da man in der Folge Ursache hatte zu glauben, daß diese burleske Romanze sie etwas näher angehe, so verzeiht man mir wohl, wenn ich sie hier einschalte.

Woher im Mantel so geschwinde,
Da kaum der Tag in Osten graut?
Hat wohl der Freund beim scharfen Winde
Auf einer Wallfahrt sich erbaut?
Wer hat ihm seinen Hut genommen?
Mag er mit Willen barfuß gehn?
Wie ist er in den Wald gekommen
Auf den beschneiten, wilden Höhn?

Gar wunderlich von warmer Stätte,
Wo er sich bessern Spaß versprach,
Und wenn er nicht den Mantel hätte,
Wie gräßlich wäre seine Schmach!
So hat ihn jener Schalk betrogen
Und ihm das Bündel abgepackt:
Der arme Freund ist ausgezogen,
Beinah wie Adam bloß und nackt.

Warum auch ging er solche Wege
Nach jenem Apfel voll Gefahr,
Der freilich schön im Mühlgehege
Wie sonst im Paradiese war!
Er wird den Scherz nicht leicht erneuen;
Er drückte schnell sich aus dem Haus,
Und bricht auf einmal nun im Freien
In bittre, laute Klagen aus:

"Ich las in ihren Feuerblicken
Doch keine Silbe von Verrat!
Sie schien mit mir sich zu entzücken
Und sann auf solche schwarze Tat!
Konnt ich in ihren Armen träumen,
Wie meuchlerisch der Busen schlug?

Sie hieß den raschen Amor säumen,
Und günstig war er uns genug.

Sich meiner Liebe zu erfreuen,
Der Nacht, die nie ein Ende nahm,
Und erst die Mutter anzuschreien
Jetzt eben, als der Morgen kam!
Da drang ein Dutzend Anverwandten
Herein, ein wahrer Menschenstrom!
Da kamen Brüder, guckten Tanten,
Da stand ein Vetter und ein Ohm!

Das war ein Toben, war ein Wüten!
Ein jeder schien ein andres Tier.
Da forderten sie Kranz und Blüten
Mit gräßlichem Geschrei von mir.
"Was dringt ihr alle wie von Sinnen
Auf den unschuld'gen Jüngling ein!
Denn solche Schätze zu gewinnen,
Da muß man viel behender sein.

Weiß Amor seinem schönen Spiele
Doch immer zeitig nachzugehn:
Er läßt fürwahr nicht in der Mühle
Die Blumen sechzehn Jahre stehn."
Da raubten sie das Kleiderbündel
Und wollten auch den Mantel noch.
Wie nur so viel verflucht Gesindel
Im engen Hause sich verkroch!

Da sprang ich auf und tobt' und fluchte,
Gewiß, durch alle durchzugehn.
Ich sah noch einmal die Verruchte,

Und ach! sie war noch immer schön.
Sie alle wichen meinem Grimme,
Doch flog noch manches wilde Wort;
So macht' ich mich mit Donnerstimme
Noch endlich aus der Höhle fort.

Man soll euch Mädchen auf dem Lande
Wie Mädchen aus den Städten fliehn!
So lasset doch den Fraun von Stande
Die Lust, die Diener auszuziehn!
Doch seid ihr auch von den Geübten
Und kennt ihr keine zarte Pflicht,
So ändert immer die Geliebten,
Doch sie verraten müßt ihr nicht."

So singt er in der Winterstunde,
Wo nicht ein armes Hälmchen grünt.
Ich lache seiner tiefen Wunde,
Denn wirklich ist sie wohlverdient;
So geh' es jedem, der am Tage
Sein edles Liebchen frech belügt
Und nachts, mit allzu kühner Wage,
Zu Amors falscher Mühle kriecht.

Wohl war es bedenklich, daß sie sich auf eine solche Weise
vergessen konnte, und dieser Ausfall mochte für ein
Anzeichen eines Kopfes gelten, der sich nicht immer gleich
war. "Aber", sagte mir Herr von Revanne, "auch wir
vergaßen alle Betrachtungen, die wir hätten machen
können, ich weiß nicht, wie es zuging. Uns mußte die
unaussprechliche Anmut, womit sie diese Possen
vorbrachte, bestochen haben. Sie spielte neckisch, aber mit

Einsicht. Ihre Finger gehorchten ihr vollkommen, und ihre Stimme war wirklich bezaubernd. Da sie geendigt hatte, erschien sie so gesetzt wie vorher, und wir glaubten, sie habe nur den Augenblick der Verdauung erheitern wollen.

Bald darauf bat sie um die Erlaubnis, ihren Weg wieder anzutreten; aber auf meinen Wink sagte meine Schwester: wenn sie nicht zu eilen hätte und die Bewirtung ihr nicht mißfiele, so würde es uns ein Fest sein, sie mehrere Tage bei uns zu sehen. Ich dachte ihr eine Beschäftigung anzubieten, da sie sich's einmal gefallen ließ zu bleiben. Doch diesen ersten Tag und den folgenden führten wir sie nur umher. Sie verleugnete sich nicht einen Augenblick: sie war die Vernunft, mit aller Anmut begabt. Ihr Geist war fein und treffend, ihr Gedächtnis so wohl ausgeziert und ihr Gemüt so schön, daß sie gar oft unsere Bewunderung erregte und alle unsere Aufmerksamkeit festhielt. Dabei kannte sie die Gesetze eines guten Betragens und übte sie gegen einen jeden von uns, nicht weniger gegen einige Freunde, die uns besuchten, so vollkommen aus, daß wir nicht mehr wußten, wie wir jene Sonderbarkeiten mit einer solchen Erziehung vereinigen sollten.

Ich wagte wirklich nicht mehr, ihr Dienstvorschläge für mein Haus zu tun. Meine Schwester, der sie angenehm war, hielt es gleichfalls für Pflicht, das Zartgefühl der Unbekannten zu schonen. Zusammen besorgten sie die häuslichen Dinge, und hier ließ sich das gute Kind öfters bis zur Handarbeit herunter und wußte sich gleich darauf in alles zu schicken, was höhere Anordnung und Berechnung erheischte.

In kurzer Zeit stellte sie eine Ordnung her, die wir bis jetzt im Schlosse gar nicht vermißt hatten. Sie war eine sehr verständige Haushälterin; und da sie damit angefangen hatte, bei uns mit an Tafel zu sitzen, so zog sie sich nunmehr nicht etwa aus falscher Bescheidenheit zurück, sondern speiste mit uns ohne Bedenken fort; aber sie rührte keine Karte, kein Instrument an, als bis sie die übernommenen Geschäfte zu Ende gebracht hatte.

Nun muß ich freilich gestehen, daß mich das Schicksal dieses Mädchens innigst zu rühren anfing. Ich bedauerte die Eltern, die wahrscheinlich eine solche Tochter sehr vermißten; ich seufzte, daß so sanfte Tugenden, so viele Eigenschaften verlorengehen sollten. Schon lebte sie mehrere Monate mit uns, und ich hoffte, das Vertrauen, das wir ihr einzuflößen suchten, würde zuletzt das Geheimnis auf ihre Lippen bringen. War es ein Unglück, wir konnten helfen; war es ein Fehler, so ließ sich hoffen, unsere Vermittelung, unser Zeugnis würden ihr Vergebung eines vorübergehenden Irrtums verschaffen können; aber alle unsere Freundschaftsversicherungen, unsre Bitten selbst waren unwirksam. Bemerkte sie die Absicht, einige Aufklärung von ihr zu gewinnen, so versteckte sie sich hinter allgemeine Sittensprüche, um sich zu rechtfertigen, ohne uns zu belehren. Zum Beispiel, wenn wir von ihrem Unglücke sprachen: "Das Unglück", sagte sie, "fällt über Gute und Böse. Es ist eine wirksame Arzenei, welche die guten Säfte zugleich mit den üblen angreift."

Suchten wir die Ursache ihrer Flucht aus dem väterlichen Hause zu entdecken: "Wenn das Reh flieht", sagte sie lächelnd, "so ist es darum nicht schuldig." Fragten wir, ob sie Verfolgungen erlitten: "Das ist das Schicksal mancher Mädchen von guter Geburt, Verfolgungen zu erfahren und auszuhalten. Wer über eine Beleidigung weint, dem werden mehrere begegnen." Aber wie hatte sie sich entschließen können, ihr Leben der Roheit der Menge auszusetzen, oder es wenigstens manchmal ihrem Erbarmen zu verdanken? Darüber lachte sie wieder und sagte: "Dem Armen, der den

Reichen bei Tafel begrüßt, fehlt es nicht an Verstand."
Einmal, als die Unterhaltung sich zum Scherze neigte,
sprachen wir ihr von Liebhabern und fragten sie: ob sie den
frostigen Helden ihrer Romanze nicht kenne? Ich weiß noch
recht gut, dieses Wort schien sie zu durchbohren. Sie öffnete
gegen mich ein Paar Augen, so ernst und streng, daß die
meinigen einen solchen Blick nicht aushalten konnten; und
sooft man auch nachher von Liebe sprach, so konnte man
erwarten, die Anmut ihres Wesens und die Lebhaftigkeit
ihres Geistes getrübt zu sehen. Gleich fiel sie in ein
Nachdenken, das wir für Grübeln hielten und das doch
wohl nur Schmerz war. Doch blieb sie im ganzen munter,
nur ohne große Lebhaftigkeit, edel, ohne sich ein Ansehn
zu geben, gerade ohne Offenherzigkeit, zurückgezogen ohne
Ängstlichkeit, eher duldsam als sanftmütig, und mehr
erkenntlich als herzlich bei Liebkosungen und
Höflichkeiten. Gewiß war es ein Frauenzimmer, gebildet,
einem großen Hause vorzustehn; und doch schien sie nicht
älter als einundzwanzig Jahre.

So zeigte sich diese junge, unerklärliche Person, die mich
ganz eingenommen hatte, binnen zwei Jahren, die es ihr
gefiel bei uns zu verweilen, bis sie mit einer Torheit schloß,
die viel seltsamer ist, als ihre Eigenschaften ehrwürdig und
glänzend waren. Mein Sohn, jünger als ich, wird sich
trösten können; was mich betrifft, so fürchte ich, schwach
genug zu sein, sie immer zu vermissen."

Nun will ich die Torheit eines verständigen Frauenzimmers
erzählen, um zu zeigen, daß Torheit oft nichts weiter sei als
Vernunft unter einem andern äußern. Es ist wahr, man wird
einen seltsamen Widerspruch finden zwischen dem edlen
Charakter der Pilgerin und der komischen List, deren sie
sich bediente; aber man kennt ja schon zwei ihrer
Ungleichheiten, die Pilgerschaft selbst und das Lied.

Es ist wohl deutlich, daß Herr von Revanne in die Unbekannte verliebt war. Nun mochte er sich freilich auf sein funfzigjähriges Gesicht nicht verlassen, ob er so schon frisch und wacker aussah als ein Dreißiger; vielleicht aber hoffte er, durch seine reine, kindliche Gesundheit zu gefallen, durch die Güte, Heiterkeit, Sanftheit, Großmut seine Charakters; vielleicht auch durch sein Vermögen, ob er gleich zart genug gesinnt war, um zu fühlen, daß man das nicht erkauft, was keinen Preis hat.

Aber der Sohn von der andern Seite, liebenswürdig, zärtlich, feurig, ohne sich mehr als sein Vater zu bedenken, stürzte sich über Hals und Kopf in das Abenteuer. Erst suchte er vorsichtig die Unbekannte zu gewinnen, die ihm durch seines Vaters und seiner Tante Lob und Freundschaft erst recht wert geworden. Er bemühte sich aufrichtig um ein liebenswürdiges Weib, die seiner Leidenschaft weit über den gegenwärtigen Zustand erhöht schien. Ihre Strenge mehr als ihr Verdienst und ihre Schönheit entflammte ihn; er wagte zu reden, zu unternehmen, zu versprechen.

Der Vater, ohne es selbst zu wollen, gab seiner Bewerbung immer ein etwas väterliches Ansehn, Er kannte sich, und als er seinen Rival erkannt hatte, hoffte er nicht, über ihn zu siegen, wenn er nicht zu Mitteln greifen wollte, die einem Manne von Grundsätzen nicht geziemen. Dessenungeachtet verfolgte er seinen Weg, ob ihm gleich nicht unbekannt war, daß Güte, ja Vermögen selbst, nur Reizungen sind, denen sich ein Frauenzimmer mit Vorbedacht hingibt, die jedoch unwirksam bleiben, sobald Liebe sich mit den Reizen und in Begleitung der Jugend zeigt. Auch machte Herr von Revanne noch andere Fehler, die er später bereute. Bei einer hochachtungsvollen Freundschaft sprach er von einer dauerhaften, geheimen, gesetzmäßigen Verbindung. Er beklagte sich auch wohl und sprach das Wort

Undankbarkeit aus. Gewiß kannte er die nicht, die er liebte, als er eines Tages zu ihr sagte, daß viele Wohltäter übles für Gutes zurückerhielten. Ihm antwortete die Unbekannte mit Geradheit: "Viele Wohltäter möchten ihren Begünstigten sämtliche Rechte gern abhandeln für eine Linse."

Die schöne Fremde, in die Bewerbung zweier Gegner verwickelt, durch unbekannte Beweggründe geleitet, scheint keine andere Absicht gehabt zu haben, als sich und andern alberne Streiche zu ersparen, indem sie in diesen bedenklichen Umständen einen wunderlichen Ausweg ergriff. Der Sohn drängte mit der Kühnheit seines Alters und drohte, wie gebräuchlich, sein Leben der Unerbittlichen aufzuopfern. Der Vater, etwas weniger unvernünftig, war doch ebenso dringend; aufrichtig beide. Dieses liebenswürdige Wesen hätte sich hier wohl eines verdienten Zustandes versichern können: denn beide Herren von Revanne beteuren, ihre Absicht sei gewesen, sie zu heiraten.

Aber an dem Beispiele dieses Mädchens mögen die Frauen lernen, daß ein redliches Gemüt, hätte sich auch der Geist durch Eitelkeit oder wirklichen Wahnsinn verirrt, die Herzenswunden nicht unterhält, die es nicht heilen will. Die Pilgerin fühlte, daß sie auf einem äußersten Punkte stehe, wo es ihr wohl nicht leicht sein würde, sich lange zu verteidigen. Sie war in der Gewalt zweier Liebenden, welche jede Zudringlichkeit durch die Reinheit ihrer Absichten entschuldigen konnten, indem sie im Sinne hatten, ihre Verwegenheit durch ein feierliches Bündnis zu rechtfertigen. So war es, und so begriff sie es.

Sie konnte sich hinter Fräulein von Revanne verschanzen; sie unterließ es, ohne Zweifel aus Schonung, aus Achtung für ihre Wohltäter. Sie kommt nicht aus der Fassung, sie erdenkt ein Mittel, jedermann seine Tugend zu erhalten, indem sie die ihrige bezweifeln läßt. Sie ist wahnsinnig vor

Treue, die ihr Liebhaber gewiß nicht verdient, wenn er nicht alle die Aufopferungen fühlt, und sollten sie ihm auch unbekannt bleiben.

Eines Tages, als Herr von Revanne die Freundschaft, die Dankbarkeit, die sie ihm bezeigte, etwas zu lebhaft erwiderte, nahm sie auf einmal ein naives Wesen an, das ihm auffiel. "Ihre Güte, mein Herr", sagte sie, "ängstigt mich; und lassen Sie mich aufrichtig entdecken, warum. Ich fühle wohl, nur Ihnen bin ich meine ganze Dankbarkeit schuldig; aber freilich—"—"Grausames Mädchen!" sagte Herr von Revanne, "ich verstehe Sie. Mein Sohn hat Ihr Herz gerührt."—"Ach! mein Herr, dabei ist es nicht geblieben. Ich kann nur durch meine Verwirrung ausdrücken—"—"Wie? Mademoiselle, Sie wären—"—"Ich denke wohl ja", sagte sie, indem sie sich tief verneigte und eine Träne vorbrachte: denn niemals fehlt es Frauen an einer Träne bei ihren Schalkheiten, niemals an einer Entschuldigung ihres Unrechts.

So verliebt Herr von Revanne war, so mußte er doch diese neue Art von unschuldiger Aufrichtigkeit unter dem Mutterhäubchen bewundern, und er fand die Verneigung sehr am Platze. —"Aber, Mademoiselle, das ist mir ganz unbegreiflich—"— "Mir auch", sagte sie, und ihre Tränen flossen reichlicher. Sie flossen so lange, bis Herr von Revanne, am Schluß eines sehr verdrießlichen Nachdenkens, mit ruhiger Miene das Wort wieder aufnahm und sagte: "Dies klärt mich auf! Ich sehe, wie lächerlich meine Forderungen sind. Ich mache Ihnen keine Vorwürfe, und als einzige Strafe für den Schmerz, den Sie mir verursachen, verspreche ich Ihnen von seinem Erbteile so viel, als nötig ist, um zu erfahren, ob er Sie so sehr liebt als ich."—"Ach! mein Herr, erbarmen Sie sich meiner Unschuld und sagen ihm nichts davon."

Verschwiegenheit fordern ist nicht das Mittel, sie zu erlangen. Nach diesen Schritten erwartete nun die unbekannte Schöne, ihren Liebhaber voll Verdruß und höchst aufgebracht vor sich zu sehen. Bald erschien er mit einem Blicke, der niederschmetternde Worte verkündigte. Doch er stockte und konnte nichts weiter hervorbringen als: "Wie? Mademoiselle, ist es möglich?"—"Nun was denn, mein Herr?" sagte sie mit einem Lächeln, das bei einer solchen Gelegenheit zum Verzweifeln bringen kann.—"Wie? was denn? Gehen Sie, Mademoiselle, Sie sind mir ein schönes Wesen! Aber wenigstens sollte man rechtmäßige Kinder nicht enterben; es ist schon genug, sie anzuklagen. Ja, Mademoiselle, ich durchdringe Ihr Komplott mit meinem Vater. Sie geben mir beide einen Sohn, und es ist mein Bruder, das bin ich gewiß!"

Mit ebenderselben ruhigen und heitern Stirne antwortete ihm die schöne Unkluge: "Von nichts sind Sie gewiß; es ist weder Ihr Sohn noch Ihr Bruder. Die Knaben sind bösartig; ich habe keinen gewollt; es ist ein armes Mädchen, das ich weiterführen will, weiter, ganz weit von den Menschen, den Bösen, den Toren und den Ungetreuen."

Darauf ihrem Herzen Luft machend: "Leben Sie wohl!" fuhr sie fort, "leben Sie wohl, lieber Revanne! Sie haben von Natur ein redliches Herz; erhalten Sie die Grundsätze der Aufrichtigkeit. Diese sind nicht gefährlich bei einem gegründeten Reichtum. Sein Sie gut gegen Arme. Wer die Bitte bekümmerter Unschuld verachtet, wird einst selbst bitten und nicht erhört werden. Wer sich kein Bedenken macht, das Bedenken eines schutzlosen Mädchens zu verachten, wird das Opfer werden von Frauen ohne Bedenken. Wer nicht fühlt, was ein ehrbares Mädchen empfinden muß, wenn man um sie wirbt, der verdient sie nicht zu erhalten. Wer gegen alle Vernunft, gegen die

Absichten, gegen den Plan seiner Familie, zugunsten seiner Leidenschaften Entwürfe schmiedet, verdient die Früchte seiner Leidenschaft zu entbehren und der Achtung seiner Familie zu ermangeln. Ich glaube wohl, Sie haben mich aufrichtig geliebt; aber, mein lieber Revanne, die Katze weiß wohl, wem sie den Bart leckt; und werden Sie jemals der Geliebte eines würdigen Weibes, so erinnern Sie sich der Mühle des Ungetreuen. Lernen Sie an meinem Beispiel sich auf die Standhaftigkeit und Verschwiegenheit Ihrer Geliebten verlassen. Sie wissen, ob ich untreu bin, Ihr Vater weiß es auch. Ich gedachte durch die Welt zu rennen und mich allen Gefahren auszusetzen. Gewiß diejenigen sind die größten, die mich in diesem Hause bedrohen. Aber weil Sie jung sind, sage ich es Ihnen allein und im Vertrauen: Männer und Frauen sind nur mit Willen ungetreu; und das wollt' ich dem Freunde von der Mühle beweisen, der mich vielleicht wieder sieht, wenn sein Herz rein genug sein wird, zu vermissen, was er verloren hat."

Der junge Revanne hörte noch zu, da sie schon ausgesprochen hatte. Er stand wie vom Blitz getroffen; Tränen öffneten zuletzt seine Augen, und in dieser Rührung lief er zur Tante, zum Vater, ihnen zu sagen: Mademoiselle gehe weg, Mademoiselle sei ein Engel, oder vielmehr ein Dämon, herumirrend in der Welt, um alle Herzen zu peinigen. Aber die Pilgerin hatte so gut sich vorgesehen, daß man sie nicht wiederfand. Und als Vater und Sohn sich erklärt hatten, zweifelte man nicht mehr an ihrer Unschuld, ihren Talenten, ihrem Wahnsinn. So viel Mühe sich auch Herr von Revanne seit der Zeit gegeben, war es ihm doch nicht gelungen, sich die mindeste Aufklärung über diese schöne Person zu verschaffen, die so flüchtig wie die Engel und so liebenswürdig erschienen war.

## Sechstes Kapitel

Nach einer langen und gründlichen Ruhe, deren die
Wanderer wohl bedürfen mochten, sprang Felix lebhaft aus
dem Bette und eilte, sich anzuziehn; der Vater glaubte zu
bemerken, mit mehr Sorgfalt als bisher. Nichts saß ihm
knapp noch nett genug, auch hätte er alles neuer und
frischer gewünscht. Er sprang nach dem Garten und
haschte unterwegs nur etwas von der Vorkost, die der
Diener für die Gäste brachte, weil erst nach einer Stunde die
Frauenzimmer im Garten erscheinen würden.

Der Diener war gewohnt, die Fremden zu unterhalten und
manches im Hause vorzuzeigen; so auch führte er unsern
Freund in eine Galerie, worin bloß Porträte aufgehangen
und gestellt waren, alles Personen, die im achtzehnten
Jahrhundert gewirkt hatten, eine große und herrliche
Gesellschaft; Gemälde sowie Büsten, wo möglich, von
vortrefflichen Meistern. "Sie finden", sagte der Kustode, "in
dem ganzen Schloß kein Bild, das, auch nur von ferne, auf
Religion, überlieferung, Mythologie, Legende oder Fabel
hindeutete; unser Herr will, daß die Einbildungskraft nur
gefördert werde, um sich das Wahre zu vergegenwärtigen.
"Wir fabeln so genug", pflegt er zu sagen, "als daß wir diese
gefährliche Eigenschaft unsers Geistes durch äußere reizende
Mittel noch steigern sollten.""

Die Frage Wilhelms: wann man ihm aufwarten könne? ward
durch die Nachricht beantwortet: der Herr sei, nach seiner
Gewohnheit, ganz früh weggeritten. Er pflege zu sagen:
"Aufmerksamkeit ist das Leben! "—"Sie werden diesen und
andere Sprüche, in denen er sich bespiegelt, in den Feldern
über den Türen eingeschrieben sehen, wie wir hier z. B.
gleich antreffen: "Vom Nützlichen durchs Wahre zum
Schönen.""

Die Frauenzimmer hatten schon unter den Linden das Frühstück bereitet, Felix eulenspiegelte um sie her und trachtete, in allerlei Torheiten und Verwegenheiten sich hervorzutun, die Aufmerksamkeit auf sich zu leiten, eine Abmahnung, einen Verweis von Hersilien zu erhaschen. Nun suchten die Schwestern durch Aufrichtigkeit und Mitteilung das Vertrauen des schweigsamen Gastes, der ihnen gefiel, zu gewinnen; sie erzählten von einem werten Vetter, der, drei Jahre abwesend, zunächst erwartet werde, von einer würdigen Tante, die, unfern in ihrem Schlosse wohnend, als ein Schutzgeist der Familie zu betrachten sei. In krankem Verfall des Körpers, in blühender Gesundheit des Geistes ward sie geschildert, als wenn die Stimme einer unsichtbar gewordenen Ursibylle rein göttliche Worte über die menschlichen Dinge ganz einfach ausspräche.

Der neue Gast lenkte nun Gespräch und Frage auf die Gegenwart. Er wünschte den edlen Oheim in rein entschiedener Tätigkeit gerne näher zu kennen; er gedachte des angedeuteten Wegs vom Nützlichen durchs Wahre zum Schönen und suchte die Worte auf seine Weise auszulegen, das ihm denn ganz gut gelang und Juliettens Beifall zu erwerben das Glück hatte.

Hersilie, die bisher lächelnd schweigsam geblieben, versetzte dagegen: "Wir Frauen sind in einem besondern Zustande. Die Maximen der Männer hören wir immerfort wiederholen, ja wir müssen sie in goldnen Buchstaben über unsern Häupten sehen, und doch wüßten wir Mädchen im stillen das Umgekehrte zu sagen, das auch gölte, wie es gerade hier der Fall ist. Die Schöne findet Verehrer, auch Freier, und endlich wohl gar einen Mann; dann gelangt sie zum Wahren, das nicht immer höchst erfreulich sein mag, und wenn sie klug ist, widmet sie sich dem Nützlichen, sorgt für Haus und Kinder und verharrt dabei. So habe ich's wenigstens oft gefunden. Wir Mädchen haben Zeit zu beobachten, und da finden wir meist, was wir nicht suchten."

Ein Bote vom Oheim traf ein mit der Nachricht, daß sämtliche Gesellschaft auf ein nahes Jagdhaus zu Tische geladen sei, man könne hin reiten und fahren. Hersilie erwählte zu reiten. Felix bat inständig, man möge ihm auch ein Pferd geben. Man kam überein, Juliette sollte mit Wilhelm fahren und Felix als Page seinen ersten Ausritt der Dame seines jungen Herzens zu verdanken haben.

Indessen fuhr Juliette mit dem neuen Freunde durch eine Reihe von Anlagen, welche sämtlich auf Nutzen und Genuß hindeuteten, ja die unzähligen Fruchtbäume machten zweifelhaft, ob das Obst alles verzehrt werden könne.

"Sie sind durch ein so wunderliches Vorzimmer in unsere Gesellschaft geraten und fanden manches wirklich Seltsame und Sonderbare, so daß ich vermuten darf, Sie wünschen einen Zusammenhang von allem diesem zu wissen. Alles beruht auf Geist und Sinn meines trefflichen Oheims. Die kräftigen Mannsjahre dieses Edlen fielen in die Zeit der Beccaria und Filangieri; die Maximen einer allgemeinen Menschlichkeit wirkten damals nach allen Seiten. Dies Allgemeine jedoch bildete sich der strebende Geist, der strenge Charakter nach Gesinnungen aus, die sich ganz aufs Praktische bezogen. Er verhehlte uns nicht, wie er jenen liberalen Wahlspruch: "Den Meisten das Beste!" nach seiner Art verwandelt und "Vielen das Erwünschte" zugedacht. Die Meisten lassen sich nicht finden noch kennen, was das Beste sei, noch weniger ausmitteln, Viele jedoch sind immer um uns her; was sie wünschen, erfahren wir, was sie wünschen sollten, überlegen wir, und so läßt sich denn immer Bedeutendes tun und schaffen. In diesem Sinne", fuhr sie fort, "ist alles, was Sie hier sehen, gepflanzt, gebaut, eingerichtet, und zwar um eines ganz nahen, leicht faßlichen Zweckes willen; alles dies geschah dem großen, nahen Gebirg zuliebe. Der treffliche Mann, Kraft und Vermögen zusammenhaltend, sagte zu sich selbst: "Keinem Kinde da droben soll es an einer Kirsche, an einem Apfel fehlen, wornach sie mit Recht so lüstern sind; der Hausfrau soll es nicht an Kohl noch an Rüben oder sonst einem Gemüse im Topf ermangeln, damit dem unseligen Kartoffelgenuß nur einigermaßen das Gleichgewicht gehalten werde." In diesem Sinne, auf diese Weise sucht er zu leisten, wozu ihm sein Besitztum Gelegenheit gibt, und so haben sich seit manchen Jahren Träger und Trägerinnen gebildet, welche das Obst in die tiefsten Schluchten des Felsgebirges verkäuflich hintragen."

"Ich habe selbst davon genossen wie ein Kind", versetzte Wilhelm; "da, wo ich dergleichen nicht anzutreffen hoffte, zwischen Tannen und Felsen, überraschte mich weniger ein reiner Frommsinn als ein erquicklich frisches Obst. Die Gaben des Geistes sind überall zu Hause, die Geschenke der Natur über den Erdboden sparsam ausgeteilt."

"Ferner hat unser würdiger Landherr von entfernten Orten manches Notwendige dem Gebirge näher gebracht; in diesen Gebäuden am Fuße hin finden Sie Salz aufgespeichert und Gewürze vorrätig. Für Tabak und Branntwein läßt er andere sorgen; dies seien keine Bedürfnisse, sagt er, sondern Gelüste, und da würden sich schon Unterhändler genug finden."

Angelangt am bestimmten Orte, einem geräumigen Försterhause im Walde, fand sich die Gesellschaft zusammen und bereits eine kleine Tafel gedeckt. "Setzen wir uns", sagte Hersilie; "hier steht zwar der Stuhl des Oheims, aber gewiß wird er nicht kommen, wie gewöhnlich. Es ist mir gewissermaßen lieb, daß unser neuer Gast, wie ich höre,

82

nicht lange bei uns verweilen wird: denn es müßte ihm
verdrießlich sein, unser Personal kennen zu lernen, es ist
das ewig in Romanen und Schauspielen wiederholte: ein
wunderlicher Oheim, eine sanfte und eine muntere Nichte,
eine kluge Tante, Hausgenossen nach bekannter Art; und
käme nun gar der Vetter wieder, so lernte er einen
phantastischen Reisenden kennen, der vielleicht einen noch
sonderbarern Gesellen mitbrächte, und so wäre das leidige
Stück erfunden und in Wirklichkeit gesetzt."

"Die Eigenheiten des Oheims haben wir zu ehren", versetzte Juliette; "sie sind niemanden zur Last, gereichen vielmehr jedermann zur Bequemlichkeit. Eine bestimmte Tafelstunde ist ihm nun einmal verdrießlich, selten, daß er sie einhält, wie er denn versichert: eine der schönsten Erfindungen neuerer Zeit sei das Speisen nach der Karte."

Unter manchen andern Gesprächen kamen sie auf die Neigung des werten Mannes, überall Inschriften zu belieben. "Meine Schwester", sagte Hersilie, "weiß sie sämtlich auszulegen, mit dem Kustode versteht sie's um die Wette; ich aber finde, daß man sie alle umkehren kann und daß sie alsdann ebenso wahr sind, und vielleicht noch mehr. "—"Ich leugne nicht", versetzte Wilhelm, "es sind Sprüche darunter, die sich in sich selbst zu vernichten scheinen; so sah ich z. B. sehr auffallend angeschrieben: "Besitz und Gemeingut"; heben sich diese beiden Begriffe nicht auf?"

Hersilie fiel ein: "Dergleichen Inschriften, scheint es, hat der Oheim von den Orientalen genommen, die an allen Wänden die Sprüche des Korans mehr verehren als verstehen." Juliette, ohne sich irren zu lassen, erwiderte auf obige Frage: "Umschreiben Sie die wenigen Worte, so wird der Sinn alsobald hervorleuchten."

Nach einigen Zwischenreden fuhr Juliette fort, weiter aufzuklären, wie es gemeint sei: "Jeder suche den Besitz, der ihm von der Natur, von dem Schicksal gegönnt ward, zu würdigen, zu erhalten, zu steigern, er greife mit allen seinen Fertigkeiten so weit umher, als er zu reichen fähig ist; immer aber denke er dabei, wie er andere daran will teilnehmen lassen: denn nur insofern werden die Vermögenden geschätzt, als andere durch sie genießen."

Indem man sich nun nach Beispielen umsah, fand sich der

Freund erst in seinem Fache; man wetteiferte, man überbot sich, um jene lakonischen Worte recht wahr zu finden. Warum, hieß es, verehrt man den Fürsten, als weil er einen jeden in Tätigkeit setzen, fördern, begünstigen und seiner absoluten Gewalt gleichsam teilhaft machen kann? Warum schaut alles nach dem Reichen, als weil er, der Bedürftigste, überall Teilnehmer an seinem überflusse wünscht? Warum beneiden alle Menschen den Dichter? weil seine Natur die Mitteilung nötig macht, ja die Mitteilung selbst ist. Der Musiker ist glücklicher als der Maler, er spendet willkommene Gaben aus, persönlich unmittelbar, anstatt daß der letzte nur gibt, wenn die Gabe sich von ihm absonderte.

Nun hieß es ferner im allgemeinen: Jede Art von Besitz soll der
Mensch festhalten, er soll sich zum Mittelpunkt machen, von dem das
Gemeingut ausgehen kann; er muß Egoist sein, um nicht Egoist zu
werden, zusammenhalten, damit er spenden könne. Was soll es heißen,
Besitz und Gut an die Armen zu geben? Löblicher ist, sich für sie als
Verwalter betragen. Dies ist der Sinn der Worte "Besitz und Gemeingut"; das Kapital soll niemand angreifen, die Interessen werden
ohnehin im Weltlaufe schon jedermann angehören.

Man hatte, wie sich im Gefolg des Gesprächs ergab, dem Oheim vorgeworfen, daß ihm seine Güter nicht eintrugen, was sie sollten. Er versetzte dagegen: "Das Mindere der Einnahme betracht' ich als Ausgabe, die mir Vergnügen macht, indem ich andern dadurch das Leben erleichtere; ich habe nicht einmal die Mühe, daß diese Spende durch mich durchgeht, und so setzt sich alles wieder ins gleiche."

Dergestalt unterhielten sich die Frauenzimmer mit dem neuen Freunde gar vielseitig, und bei immer wachsendem gegenseitigem Vertrauen sprachen sie über den zunächst erwarteten Vetter.

"Wir halten sein wunderliches Betragen für abgeredet mit dem Oheim. Er läßt seit einigen Jahre nichts von sich hören, sendet anmutige, seinen Aufenthalt verblümt andeutende Geschenke, schreibt nun auf einmal ganz aus der Nähe, will aber nicht eher zu uns kommen, bis wir ihm von unsern Zuständen Nachricht geben. Dies Betragen ist nicht natürlich; was auch dahinterstecke, wir müssen es vor seiner Rückkehr erfahren. Heute abend geben wir Ihnen einen Heft Briefe, woraus das Weitere zu ersehen ist." Hersilie setzte hinzu: "Gestern machte ich Sie mit einer törigen Landläuferin bekannt, heute sollen Sie von einem verrückten Reisenden vernehmen."—"Gestehe es nur", fügte Juliette hinzu, "diese Mitteilung ist nicht ohne Absicht."

Hersilie fragte soeben etwas ungeduldig, wo der Nachtisch bleibe, als die Meldung geschah, der Oheim erwarte die Gesellschaft, mit ihm die Nachkost in der großen Laube zu genießen. Auf dem Hinwege bemerkte man eine Feldküche, die sehr emsig ihre blank gereinigten Kasserollen, Schüsseln und Teller klappernd einzupacken beschäftigt war. In einer geräumigen Laube fand man den alten Herrn an einem runden, großen, frischgedeckten Tisch, auf welchem soeben die schönsten Früchte, willkommenes Backwerk und die besten Süßigkeiten, indem sich jene niedersetzten, reichlich aufgetragen wurden. Auf die Frage des Oheims, was bisher begegnet, womit man sich unterhalten, fiel Hersilie vorschnell ein: "Unser guter Gast hätte wohl über ihre lakonischen Inschriften verwirrt werden können, wäre ihm Juliette nicht durch einen fortlaufenden Kommentar zu

Hülfe gekommen."—"Du hast es immer mit Julietten zu tun", versetzte der Oheim, "sie ist ein wackres Mädchen, das noch etwas lernen und begreifen mag."— "Ich möchte vieles gern vergessen, was ich weiß, und was ich begriffen habe, ist auch nicht viel wert", versetzte Hersilie in Heiterkeit.

Hierauf nahm Wilhelm das Wort und sagte bedächtig:
"Kurzgefaßte
Sprüche jeder Art weiß ich zu ehren, besonders wenn sie mich anregen,
das Entgegengesetzte zu überschauen und in übereinstimmung zu bringen.
"—"Ganz richtig", erwiderte der Oheim, "hat doch der vernünftige
Mann in seinem ganzen Leben noch keine andere Beschäftigung gehabt."

Indessen besetzte sich die Tafelrunde nach und nach, so daß Spätere kaum Platz fanden. Die beiden Amtleute waren gekommen, Jäger, Pferdebändiger, Gärtner, Förster und andere, denen man nicht gleich ihren Beruf ansehen konnte. Jeder hatte etwas von dem letzten Augenblick zu erzählen und mitzuteilen, das sich der alte Herr gefallen ließ, auch wohl durch teilnehmende Fragen hervorrief, zuletzt aber aufstand und, die Gesellschaft, die sich nicht rühren sollte, begrüßend, mit den beiden Amtleuten sich entfernte. Das Obst hatten sich alle, das Zuckerwerk die jungen Leute, wenn sie auch ein wenig wild aussahen, gar wohl schmecken lassen. Einer nach dem andern stand auf, begrüßte die Bleibenden und ging davon.

Die Frauenzimmer, welche bemerkten, daß der Gast auf das, was vorging, mit einiger Verwunderung achtgab, erklärten sich folgendermaßen: "Sie sehen hier abermals die Wirkung der Eigenheiten unsers trefflichen Oheims; er behauptet: keine Erfindung des Jahrhunderts verdiene mehr

Bewunderung, als daß man in Gasthäusern, an besonderen kleinen Tischchen, nach der Karte speisen könne; sobald er dies gewahr worden, habe er für sich und andere dies auch in seiner Familie einzuführen gesucht. Wenn er vom besten Humor ist, mag er gern die Schrecknisse eines Familientisches lebhaft schildern, wo jedes Glied mit fremden Gedanken beschäftigt sich niedersetzt, ungern hört, in Zerstreuung spricht, muffig schweigt und, wenn gar das Unglück kleine Kinder heranführt, mit augenblicklicher Pädagogik die unzeitigste Mißstimmung hervorbringt. "So manches übel", sagt er, "muß man tragen, von diesem habe ich mich zu befreien gewußt." Selten erscheint er an unserm Tische und besetzt den Stuhl nur augenblicklich, der für ihn leer steht. Seine Feldküche führt er mit sich umher, speist gewöhnlich allein, andere mögen für sich sorgen. Wenn er aber einmal Frühstück, Nachtisch oder sonst Erfrischung anbietet, dann versammeln sich alle zerstreuten Angehörigen, genießen das Bescherte, wie Sie gesehen haben. Das macht ihm Vergnügen; aber niemand darf kommen, der nicht Appetit mitbringt, jeder muß aufstehen, der sich gelabt hat, und nur so ist er gewiß, immer von Genießenden umgeben zu sein. "Will man die Menschen ergötzen", hörte ich ihn sagen, "so muß man ihnen das zu verleihen suchen, was sie selten oder nie zu erlangen im Falle sind.""

Auf dem Rückwege brachte ein unerwarteter Schlag die Gesellschaft in einige Gemütsbewegung. Hersilie sagte zu dem neben ihr reitenden Felix: "Sieh dort, was mögen das für Blumen sein? sie decken die ganze Sommerseite des Hügels, ich hab' sie noch nie gesehen." Sogleich regte Felix sein Pferd an, sprengte auf die Stelle los und war im Zurückkommen mit einem ganzen Büschel blühender Kronen, die er von weitem schüttelte, als er auf einmal mit dem Pferde verschwand. Er war in einen Graben gestürzt.

Sogleich lösten sich zwei Reiter von der Gesellschaft, nach dem Punkte hinsprengend.

Wilhelm wollte aus dem Wagen, Juliette verbat es: "Hülfe ist schon bei ihm, und unser Gesetz ist in solchen Fällen, daß nur der Helfende sich von der Stelle regen darf; der Chirurg ist schon dorten." Hersilie hielt ihr Pferd an: "Jawohl", sagte sie, "Leibärzte braucht man nur selten, Wundärzte jeden Augenblick." Schon sprengte Felix mit verbundenem Kopfe wieder heran, die blühende Beute festhaltend und hoch emporzeigend. Mit Selbstgefälligkeit reichte er den Strauß seiner Herrin zu, dagegen gab ihm Hersilie ein buntes, leichtes Halstuch. "Die weiße Binde kleidet dich nicht", sagte sie, "diese wird schon lustiger aussehen." Und so kamen sie zwar beruhigt, aber teilnehmender gestimmt nach Hause.

Es war spät geworden, man trennte sich in freundlicher Hoffnung morgenden Wiedersehens; der hier folgende Briefwechsel aber erhielt unsern Freund noch einige Stunden nachdenklich und wach.

Lenardo an die Tante

Endlich erhalten Sie nach drei Jahren den ersten Brief von mir, liebe Tante, unserer Abrede gemäß, die freilich wunderlich genug war. Ich wollte die Welt sehen und mich ihr hingeben und wollte für diese Zeit meine Heimat vergessen, von der ich kam, zu der ich wieder zurückzukehren hoffte. Den ganzen Eindruck wollte ich behalten, und das einzelne sollte mich in die Ferne nicht irremachen. Indessen sind die nötigen Lebenszeichen von Zeit zu Zeit hin und her gegangen. Ich habe Geld erhalten, und kleine Gaben für meine Nächsten sind Ihnen indessen zur Austeilung überliefert worden. An den überschickten Waren konnten Sie sehen, wo und wie ich mich befand. An den Weinen hat der Onkel meinen jedesmaligen Aufenthalt gewiß herausgekostet; dann die Spitzen, die Quodlibets, die Stahlwaren haben meinen Weg, durch Brabant über Paris nach London, für die Frauenzimmer bezeichnet; und so werde ich auf Ihren Schreib-, Näh—und Teetischen, an Ihren Negligés und Festkleidern gar manches Merkzeichen finden, woran ich meine Reiseerzählung knüpfen kann. Sie haben mich begleitet, ohne von mir zu hören, und sind vielleicht nicht einmal neugierig, etwas weiter zu erfahren. Mir hingegen ist höchst nötig, durch Ihre Güte zu vernehmen, wie es in dem Kreise steht, in den ich wieder einzutreten im Begriff bin. Ich möchte wirklich aus der Fremde wie ein Fremder hineinkommen, der, um angenehm zu sein, sich erst erkundigt, was man in dem Hause will und mag, und sich nicht einbildet, daß man ihn wegen seiner schönen Augen oder Haare gerade nach seiner eigenen Weise empfangen müsse. Schreiben Sie mir daher vom guten Onkel, von den lieben Nichten, von sich selbst, von unsern Verwandten, nähern und fernern, auch von alten und neuen Bedienten. Genug, lassen Sie Ihre geübte Feder, die Sie für Ihren Neffen so lange nicht eingetaucht, auch einmal zu seinen Gunsten auf dem Papiere hinwalten. Ihr unterrichtendes Schreiben soll zugleich mein Kreditiv sein, mit dem ich mich einstelle, sobald ich es erhalten habe. Es hängt also von Ihnen ab, mich in Ihren Armen zu sehen. Man verändert sich viel weniger, als man glaubt, und die Zustände bleiben sich auch meistens sehr ähnlich. Nicht was sich verändert hat, sondern was geblieben ist, was allmählich zu—und abnahm, will ich auf einmal wieder erkennen und mich selbst in einem bekannten Spiegel wieder erblicken. Grüßen Sie herzlich alle die Unsrigen und glauben Sie, daß in der wunderlichen Art meines Außenbleibens und Zurückkommens so viel Wärme enthalten sei als manchmal nicht in stetiger Teilnahme und lebhafter Mitteilung. Tausend Grüße jedem und allen! Nachschrift

Versäumen Sie nicht, beste Tante, mir auch von unsern Geschäftsmännern ein Wort zu sagen, wie es mit unsern Gerichtshaltern und Pachtern steht. Was ist mit Valerinen geworden, der Tochter des Pachters, den unser Onkel kurz vor meiner Abreise, zwar mit Recht, aber doch, dünkt mich, mit ziemlicher Härte austrieb? Sie sehen, ich erinnere mich noch manches Umstandes; ich weiß wohl noch alles. über das Vergangene sollen Sie mich examinieren, wenn Sie mir das Gegenwärtige mitgeteilt haben. Die Tante an Julietten

Endlich, liebe Kinder, ein Brief von dem dreijährigen Schweiger. Was doch die wunderlichen Menschen wunderlich sind! Er glaubt, seine Waren und Zeichen seien so gut als ein einziges gutes Wort, das der Freund dem Freunde sagen oder schreiben kann. Er bildet sich wirklich ein, im Vorschuß zu stehen, und will nun von unserer Seite das zuerst geleistet haben, was er uns von der seinigen so hart und unfreundlich versagte. Was sollen wir tun? Ich für meinen Teil würde gleich in einem langen Brief seinen Wünschen entgegenkommen, wenn sich mein Kopfweh nicht anmeldete, das mich gegenwärtiges Blatt kaum zu Ende schreiben läßt. Wir verlangen ihn alle zu sehen. übernehmt, meine Lieben, doch das Geschäft. Bin ich hergestellt, eh Ihr geendet habt, so will ich das Meinige beitragen. Wählt Euch die Personen und die Verhältnisse, wie Ihr sie am liebsten beschreibt. Teilt Euch darein. Ihr werdet alles besser machen als ich selbst. Der Bote bringt mir doch von Euch ein Wort zurück? Juliette an die Tante

Wir haben gleich gelesen, überlegt und sagen mit dem Boten unsere Meinung, jede besonders, wenn wir erst zusammen versichert haben, daß wir nicht so gutmütig sind wie unsere liebe Tante gegen den immer verzogenen Neffen. Nachdem er seine Karten drei Jahre vor uns verborgen gehalten hat und noch verborgen hält, sollen wir die unsrigen auflegen und ein offenes Spiel gegen ein verdecktes spielen. Das ist keinesweges billig, und doch mag es hingehen; denn der Feinste betriegt sich oft, gerade weil er zu viel sichert. Nur über die Art und Weise sind wir nicht einig, was und wie man's ihm senden soll. Zu schreiben, wie man über die Seinigen denkt, das ist für uns wenigstens eine wunderliche Aufgabe. Gewöhnlich denkt man über sie nur in diesem und jenem Falle, wenn sie einem besonderes Vergnügen oder Verdruß machen. übrigens läßt jeder den andern gewähren. Sie könnten es allein, liebe Tante; denn Sie haben die Einsicht und die Billigkeit zugleich. Hersilie, die, wie Sie wissen, leicht zu entzünden ist, hat mir in der Geschwindigkeit die ganze Familie aus dem Stegreif ins Lustige rezensiert; ich wollte, daß es auf dem Papier stünde, um Ihnen selbst bei Ihren übeln ein Lächeln abzugewinnen; aber nicht, daß man es ihm schickte. Mein Vorschlag ist jedoch, ihm unsere Korrespondenz dieser drei Jahre mitzuteilen; da mag er sich durchlesen, wenn er Mut hat, oder mag kommen, um zu sehen, was er nicht lesen mag. Ihre Briefe an mich, liebe Tante, sind in der besten Ordnung und stehen gleich zu Befehl. Dieser Meinung tritt Hersilie nicht bei; sie entschuldigt sich mit der Unordnung ihrer Papiere u.s.w., wie sie Ihnen selbst sagen wird. Hersilie an die Tante

Ich will und muß sehr kurz sein, liebe Tante, denn der Bote zeigt sich unartig ungeduldig. Ich finde es eine übermäßige Gutmütigkeit und gar nicht am Platz, Lenardon unsere Briefe mitzuteilen. Was braucht er zu wissen, was wir Gutes von ihm gesagt haben, was braucht er zu wissen, was wir Böses von ihm sagten, um aus dem letzten noch mehr als dem ersten herauszufinden, daß wir ihm gut sind! Halten

Sie ihn kurz, ich bitte Sie. Es ist so was Abgemessenes und Anmaßliches in dieser Forderung, in diesem Betragen, wie es die Herren meistens haben, wenn sie aus fremden Ländern kommen. Sie halten die daheim Gebliebenen immer nicht für voll. Entschuldigen Sie sich mit Ihrem Kopfweh. Er wird schon kommen; und wenn er nicht käme, so warten wir noch ein wenig. Vielleicht fällt es ihm alsdann ein, auf eine sonderbare, geheime Weise sich bei uns zu introduzieren, uns unerkannt kennen zu lernen, und was nicht alles in den Plan eines so klugen Mannes eingreifen könnte. Das müßte doch hübsch und wunderbar sein! das dürfte allerlei Verhältnisse hervorbringen, die bei einem so diplomatischen Eintritt in seine Familie, wie er ihn jetzt vorhat, sich unmöglich entwickeln können.

Der Bote! der Bote! Ziehen Sie Ihre alten Leute besser, oder schicken Sie junge. Diesem ist weder mit Schmeichelei noch mit Wein beizukommen. Leben Sie tausendmal wohl! Nachschrift um Nachschrift

Sagen Sie mir, was will der Vetter in seiner Nachschrift mit Valerinen? Diese Frage ist mir doppelt aufgefallen. Es ist die einzige Person, die er mit Namen nennt. Wir andern sind ihm Nichten, Tanten, Geschäftsträger; keine Personen, sondern Rubriken. Valerine, die Tochter unseres Gerichtshalters! Freilich ein blondes, schönes Kind, das dem Herrn Vetter vor seiner Abreise mag in die Augen geleuchtet haben. Sie ist verheiratet, gut und glücklich; das brauche ich Ihnen nicht zu sagen. Aber er weiß es so wenig, als er sonst etwas von uns weiß. Vergessen Sie ja nicht, ihm gleichfalls in einer Nachschrift zu melden: Valerine sei täglich schöner geworden und habe auch deshalb eine sehr gute Partie getan. Sie sei die Frau eines reichen Gutsbesitzers. Verheiratet sei die schöne Blondine. Machen Sie es ihm recht deutlich. Nun aber, liebe Tante, ist das noch nicht alles. Wie er sich der blonden Schönheit so genau erinnern und sie mit der Tochter des liederlichen Pachters, einer wilden Hummel von Brünette, verwechseln kann, die Nachodine hieß und die wer weiß wohin geraten ist, das bleibt mir völlig unbegreiflich und intrigiert mich ganz besonders. Denn es scheint doch, der Herr Vetter, der sein gutes Gedächtnis rühmt, verwechselt Namen und Personen auf eine sonderbare Weise. Vielleicht fühlt er diesen Mangel und will das Erloschene durch Ihre Schilderung wieder auffrischen. Halten Sie ihn kurz, ich bitte Sie; aber suchen Sie zu erfahren, wie es mit den Valerinen und Nachodinen steht und was für Inen, Trinen vielleicht noch alle sich in seiner Einbildungskraft erhalten haben, indessen die Etten und Ilien daraus verschwunden sind. Der Bote! der verwünschte Bote! Die Tante den Nichten. (Diktiert)

Was soll man sich viel verstellen gegen die, mit denen man sein Leben zuzubringen hat! Lenardo mit allen seinen Eigenheiten verdient Zutrauen. Ich schicke ihm Eure beiden Briefe; daraus lernt er Euch kennen, und ich hoffe, wir andern werden unbewußt eine Gelegenheit ergreifen, uns auch nächstens ebenso vor ihm darzustellen. Leber wohl! ich leide sehr. Hersilie an die Tante

Was soll man sich viel verstellen gegen die, mit denen man sein Leben zubringt! Lenardo ist ein verzogener Neffe. Es ist abscheulich, daß Sie ihm unsere Briefe schicken. Er wird uns daraus nicht kennen lernen, und ich wünsche mir nur Gelegenheit, mich nächstens von einer andern Seite darzustellen. Sie machen andere viel leiden, indem Sie leiden und blind lieben. Baldige Besserung Ihrer Leiden! Ihrer Liebe ist nicht zu helfen. Die Tante an Hersilien

Dein letztes Zettelchen hätte ich auch mit an Lenardo eingepackt, wenn ich überhaupt bei dem Vorsatz geblieben wäre, den mir meine inkorrigible Neigung, mein Leiden und die Bequemlichkeit eingegeben hatten. Eure Briefe sind nicht fort. Wilhelm an Natalien

Der Mensch ist ein geselliges, gesprächiges Wesen; seine Lust ist groß, wenn er Fähigkeiten ausübt, die ihm gegeben sind, und wenn auch weiter nichts dabei herauskäme. Wie oft beklagt man sich in Gesellschaft, daß einer den andern nicht zum Worte kommen läßt, und ebenso kann man sagen, daß einer den andern nicht zum Schreiben kommen ließe, wenn nicht das Schreiben gewöhnlich ein Geschäft wäre, das man einsam und allein abtun muß.

Wie viel die Menschen schreiben, davon hat man gar keinen Begriff. Von dem, was davon gedruckt wird, will ich gar nicht reden, ob es gleich schon genug ist. Was aber an Briefen und Nachrichten und Geschichten, Anekdoten, Beschreibungen von gegenwärtigen Zuständen einzelner Menschen in Briefen und größeren Aufsätzen in der Stille zirkuliert, davon kann man sich nur eine Vorstellung machen, wenn man in gebildeten Familien eine Zeitlang lebt, wie es mir jetzt geht. In der Sphäre, in der ich mich gegenwärtig befinde, bringt man beinahe so viel Zeit zu, seinen Verwandten und Freunden dasjenige mitzuteilen, womit man sich beschäftigt, als man Zeit sich zu beschäftigen selbst hatte. Diese Bemerkung, die sich mir seit einigen Tagen aufdringt, mache ich um so lieber, als mir die Schreibseligkeit meiner neuen Freunde Gelegenheit verschafft, ihre Verhältnisse geschwind und nach allen Seiten hin kennen zu lernen. Man vertraut mir, man gibt mir einen Pack Briefe, ein paar Hefte Reisejournale, die Konfessionen eines Gemüts, das noch nicht mit sich selbst einig ist, und so bin ich in kurzem überall zu Hause. Ich kenne die nächste Gesellschaft; ich kenne die Personen, deren Bekanntschaft ich machen werde, und weiß von ihnen beinahe mehr als sie selbst, weil sie denn doch in ihren Zuständen befangen sind und ich an ihnen vorbeischwebe, immer an deiner Hand, mich mit dir über alles besprechend. Auch ist es meine erste Bedingung, ehe ich ein Vertrauen annehme, daß ich dir alles mitteilen dürfe. Hier also einige Briefe, die dich in den Kreis einführen werden, in dem ich mich gegenwärtig herumdrehe, ohne mein Gelübde zu brechen oder zu umgehen.

Siebentes Kapitel

Am frühsten Morgen fand sich unser Freund allein in die Galerie und ergötzte sich an so mancher bekannten Gestalt; über die Unbekannten gab ihm ein vorgefundener Katalog den erwünschten Aufschluß. Das Porträt wie die Biographie haben ein ganz eigenes Interesse; der bedeutende Mensch, den man sich ohne Umgebung nicht denken kann, tritt einzeln abgesondert heraus und stellt sich vor uns wie vor einen Spiegel; ihm sollen wir entschiedene Aufmerksamkeit zuwenden, wir sollen uns ausschließlich mit ihm beschäftigen, wie er behaglich vor dem Spiegelglas mit sich beschäftigst ist. Ein Feldherr ist es, der jetzt das ganze Heer repräsentiert, hinter den so Kaiser als Könige, für die er kämpft, ins Trübe zurücktreten. Der gewandte Hofmann steht vor uns, eben als wenn er uns den Hof machte, wir denken nicht an die große Welt, für die er sich eigentlich so anmutig ausgebildet hat. überraschend war sodann unserm Beschauer die Ähnlichkeit mancher längst vorübergegangenen mit lebendigen, ihm bekannten und leibhaftig gesehenen Menschen, ja Ähnlichkeit mit ihm selbst! Und warum sollten sich nur Zwillingsmenächmen aus einer Mutter entwickeln? Sollte die große Mutter der Götter und Menschen nicht auch das gleiche Gebild aus ihrem fruchtbaren Schoße gleichzeitig oder in Pausen hervorbringen können?

Endlich durfte denn auch der gefühlvolle Beschauer sich nicht leugnen, daß manches anziehende, manches Abneigung erweckende Bild vor seinen Augen vorüberschwebe.

In solchem Betrachten überraschte ihn der Hausherr, mit dem er sich über diese Gegenstände freimütig unterhielt und hiernach dessen Gunst immer mehr zu gewinnen schien. Denn er ward freundlich in die innern Zimmer geführt, wo er köstliche Bilder bedeutender Männer des sechzehnten Jahrhunderts sah, in vollständiger Gegenwart, wie sie für sich leibten und lebten, ohne sich etwa im Spiegel oder im Zuschauer zu beschauen, sich selbst gelassen und genügend, nur durch ihr Dasein wirkend, nicht durch irgendein Wollen oder Vornehmen.

Der Hausherr, zufrieden, daß der Gast eine so reich herangebrachte Vergangenheit vollkommen zu schätzen wußte, ließ ihn Handschriften sehen von manchen Personen, über die sie vorher in der Galerie gesprochen hatten; sogar zuletzt Reliquien, von denen man gewiß war, daß der frühere Besitzer sich ihrer bediente, sie berührt hatte.

"Dies ist meine Art von Poesie", sagte der Hausherr lächelnd; "meine Einbildungskraft muß sich an etwas festhalten; ich mag kaum glauben, daß etwas gewesen sei, was nicht noch da ist. über solche Heiltümer vergangener Zeit suche ich mir die strengsten Zeugnisse zu verschaffen, sonst würden sie nicht aufgenommen. Am schärfsten werden schriftliche überlieferungen geprüft; denn ich glaube wohl, daß der Mönch die Chronik geschrieben hat, wovon er aber zeugt, daran glaube ich selten." Zuletzt legte er Wilhelmen ein weißes Blatt vor mit Ersuchen um einige Zeilen, doch ohne Unterschrift; worauf der Gast durch eine Tapetentüre sich in den Saal entlassen und an der Seite des Kustode fand.

"Es freut mich", sagte dieser, "daß Sie unserm Herrn wert sind;
schon daß Sie zu dieser Türe herauskommen, ist ein Beweis davon.
Wissen Sie aber, worfür er Sie hält? Er glaubt einen praktischen
Pädagogen in Ihnen zu sehen, den Knaben vermutet er von vornehmem
Hause, Ihrer Führung anvertraut, um mit rechtem Sinn sogleich in die
Welt und ihre mannigfaltigen Zustände nach Grundsätzen frühzeitig
eingeweiht zu werden."—"Er tut mir zu viel Ehre an", sagte der
Freund, "doch will ich dies Wort nicht vergebens gehört haben."

Beim Frühstück, wo er seinen Felix schon um die Frauenzimmer beschäftigt fand, eröffneten sie ihm den Wunsch: er möge, da er nun einmal nicht zu halten sei, sich zu der edlen Tante Makarie begeben und vielleicht von da zum Vetter, um das wunderliche Zaudern aufzuklären. Er werde dadurch sogleich zum Gliede ihrer Familie, erzeige ihnen allen einen entschiedenen Dienst und trete mit Lenardo ohne große Vorbereitung in ein zutrauliches Verhältnis.

Er jedoch versetzte dagegen: "Wohin Sie mich senden, begeb' ich mich gern; ich ging aus, zu schauen und zu denken; bei Ihnen habe ich mehr erfahren und gelernt, als ich hoffen durfte, und bin überzeugt, auf dem nächsten eingeleiteten

Wege werd' ich mehr, als ich erwarten kann, gewahr werden und lernen."

"Und du artiger Taugenichts! Was wirst denn du lernen?" fragte Hersilie, worauf der Knabe sehr keck erwiderte: "Ich lerne schreiben, damit ich dir einen Brief schicken kann, und reiten wie keiner, damit ich immer gleich wieder bei dir bin." Hierauf sagte Hersilie bedenklich: "Mit meinen zeitbürtigen Verehrern hat es mir niemals recht glücken wollen, es scheint, daß die folgende Generation mich nächstens entschädigen will."

Nun aber empfinden wir mit unserm Freunde, wie schmerzlich die Stunde des Abschieds herannaht, und mögen uns gern von den Eigenheiten seines trefflichen Wirtes, von den Seltsamkeiten des außerordentlichen Mannes einen deutlichen Begriff machen. Um ihn aber nicht falsch zu beurteilen, müssen wir auf das Herkommen, auf das Herankommen dieser schon zu hohen Jahren gelangten würdigen Person unsere Aufmerksamkeit richten. Was wir ausfragen konnten, ist folgendes:

Sein Großvater lebte als tätiges Glied einer Gesandtschaft in England, gerade in den letzten Jahren des erhabenen William Penn. Das hohe Wohlwollen, die reinen Absichten, die unverrückte Tätigkeit eines so vorzüglichen Mannes, der Konflikt, in den er deshalb mit der Welt geriet, die Gefahren und Bedrängnisse, unter denen der Edle zu erliegen schien, erregten in dem empfänglichen Geiste des jungen Mannes ein entschiedenes Interesse; er verbrüderte sich mit der Angelegenheit und zog endlich selbst nach Amerika. Der Vater unseres Herrn ist in Philadelphia geboren, und beide rühmten sich, beigetragen zu haben, daß eine allgemein freiere Religionsübung in den Kolonien stattfand.

Hier entwickelte sich die Maxime, daß eine in sich
abgeschlossene, in Sitten und Religion herkömmlich
übereinstimmende Nation vor aller fremden Einwirkung,
vor aller Neuerung sich wohl zu hüten habe; daß aber da,
wo man auf frischem Boden viele Glieder von allen Seiten
her zusammenberufen will, möglichst unbedingte Tätigkeit
im Erwerb und freier Spielraum der allgemein-sittlichen und
religiösen Vorstellungen zu vergönnen sei.

Der lebhafte Trieb nach Amerika im Anfange des
achtzehnten Jahrhunderts war groß, indem ein jeder, der
sich diesseits einigermaßen unbequem befand, sich drüben
in Freiheit zu setzen hoffte; dieser Trieb ward genährt durch
wünschenswerte Besitzungen, die man erlangen konnte, ehe
sich noch die Bevölkerung weiter nach Westen verbreitete.
Ganze sogenannte Grafschaften standen noch zu Kauf an
der Grenze des bewohnten Landes, auch der Vater unseres
Herrn hatte sich dort bedeutend angesiedelt.

Wie aber in den Söhnen sich oft ein Widerspruch hervortut
gegen väterliche Gesinnungen und Einrichtungen, so zeigte
sich's auch hier. Unser Hausherr, als Jüngling nach Europa
gelangt, fand sich hier ganz anders; diese unschätzbare
Kultur, seit mehreren tausend Jahren entsprungen,
gewachsen, ausgebreitet, gedämpft, gedrückt, nie ganz
erdrückt, wieder aufatmend, sich neu belebend, und nach
wie vor in unendlichen Tätigkeiten hervortretend, gab ihm
ganz andere Begriffe, wohin die Menschheit gelangen kann.
Er zog vor, an den großen, unübersehlichen Vorteilen sein
Anteil hinzunehmen und lieber in der großen, geregelt
tätigen Masse mitwirkend sich zu verlieren, als drüben über
dem Meere um Jahrhunderte verspätet den Orpheus und
Lykurg zu spielen; er sagte: "überall bedarf der Mensch
Geduld, überall muß er Rücksicht nehmen, und ich will

mich doch lieber mit meinem Könige abfinden, daß er mir diese oder jene Gerechtsame zugestehe, lieber mich mit meinen Nachbarn vergleichen, daß sie mir gewisse Beschränkungen erlassen, wenn ich ihnen von einer andern Seite nachgebe, als daß ich mich mit den Irokesen herumschlage, um sie zu vertreiben, oder sie durch Kontrakte betriege, um sie zu verdrängen aus ihren Sümpfen, wo man von Moskitos zu Tode gepeinigt wird."

Er übernahm die Familiengüter, wußte sie freisinnig zu behandeln, sie wirtschaftlich einzurichten, weite, unnütz scheinende Nachbardistrikte klüglich anzuschließen und so sich innerhalb der kultivierten Welt, die in einem gewissen Sinne auch gar oft eine Wildnis genannt werden kann, ein mäßiges Gebiet zu erwerben und zu bilden, das für die beschränkten Zustände immer noch utopisch genug ist.

Religionsfreiheit ist daher in diesem Bezirk natürlich, der öffentliche Kultus wird als ein freies Bekenntnis angesehen, daß man in Leben und Tod zusammengehöre; hiernach aber wird sehr darauf gesehen, daß niemand sich absondere.

Man wird in den einzelnen Ansiedelungen mäßig große Gebäude gewahr; dies ist der Raum, den der Grundbesitzer jeder Gemeinde schuldig ist; hier kommen die Ältesten zusammen, um sich zu beraten, hier versammeln sich die Glieder, um Belehrung und fromme Ermunterung zu vernehmen. Aber auch zu heiterm Ergötzen ist dieser Raum bestimmt; hier werden die hochzeitlichen Tänze aufgeführt und der Feiertag mit Musik geschlossen.

Hierauf kann uns die Natur selbst führen. Bei heiterer Witterung sehen wir gewöhnlich unter derselben Linde die Ältesten im Rat, die Gemeinde zur Erbauung und die Jugend im Tanze sich schwenkend. Auf ernstem Lebensgrunde zeigt sich das Heitere so schön, Ernst und

Heiligkeit mäßigen die Lust, und nur durch Mäßigung erhalten wir uns.

Ist die Gemeinde anderes Sinnes und wohlhabend genug, so steht es ihr frei, verschiedene Baulichkeiten den verschiedenen Zwecken zu widmen.

Wenn aber dies alles aufs öffentliche und gemeinsam Sittliche berechnet ist, so bleibt die eigentliche Religion ein Inneres, ja Individuelles, denn sie hat ganz allein mit dem Gewissen zu tun, dieses soll erregt, soll beschwichtigt werden. Erregt, wenn es stumpf, untätig, unwirksam dahinbrütet, beschwichtigt, wenn es durch reuige Unruhe das Leben zu verbittern droht. Denn es ist ganz nah mit der Sorge verwandt, die in den Kummer überzugehen droht, wenn wir uns oder andern durch eigene Schuld ein übel zugezogen haben.

Da wir aber zu Betrachtungen, wie sie hier gefordert werden, nicht immer aufgelegt sind, auch nicht immer aufgeregt sein mögen, so ist hiezu der Sonntag bestimmt, wo alles, was den Menschen drückt, in religiöser, sittlicher, geselliger, ökonomischer Beziehung, zur Sprache kommen muß.

"Wenn Sie eine Zeitlang bei uns blieben", sagte Juliette, "so würde auch unser Sonntag Ihnen nicht mißfallen. übermorgen früh würden Sie eine große Stille bemerken; jeder bleibt einsam und widmet sich einer vorgeschriebenen Betrachtung. Der Mensch ist ein beschränktes Wesen; unsere Beschränkung zu überdenken, ist der Sonntag gewidmet. Sind es körperliche Leiden, die wir im Lebenstaumel der Woche vielleicht gering achteten, so müssen wir am Anfang der neuen alsobald den Arzt aufsuchen; ist unsere Beschränkung ökonomisch und sonst bürgerlich, so sind unsere Beamten verpflichtet, ihre Sitzungen zu halten; ist es geistig, sittlich, was uns verdüstert, so haben wir uns an einen Freund, an einen Wohldenkenden zu wenden, dessen Rat, dessen Einwirkung zu erbitten: genug, es ist das Gesetz, daß niemand eine Angelegenheit, die ihn beunruhigt oder quält, in die neue Woche hinübernehmen dürfe. Von drückenden Pflichten kann uns nur die gewissenhafteste Ausübung befreien, und was gar nicht aufzulösen ist, überlassen wir zuletzt Gott als dem allbedingenden und allbefreienden Wesen. Auch der Oheim selbst unterläßt nicht solche Prüfung, es sind sogar Fälle, wo er mit uns vertraulich über eine Angelegenheit gesprochen hat, die er im Augenblick nicht überwinden konnte; am meisten aber bespricht er sich mit unserer edlen Tante, die er von Zeit zu Zeit besuchend angeht. Auch pflegt er Sonntag abends zu fragen, ob alles rein gebeichtet und abgetan worden. Sie sehen hieraus, daß wir alle Sorgfalt anwenden, um nicht in Ihren Orden, nicht in die Gemeinschaft der Entsagenden aufgenommen zu werden."

"Es ist ein sauberes Leben!" rief Hersilie; "wenn ich mich alle acht Tage resigniere, so hab' ich es freilich bei dreihundertundfünfundsechzigen zugute."

Vor dem Abschiede jedoch erhielt unser Freund von dem jüngern Beamten ein Paket mit beiliegendem Schreiben, aus welchem wir folgende Stelle ausheben:

"Mir will scheinen, daß bei jeder Nation ein anderer Sinn vorwalte, dessen Befriedigung sie allein glücklich macht, und dies bemerkt man ja schon an verschiedenen Menschen. Der eine, der sein Ohr mit vollen, anmutig geregelten Tönen gefüllt, Geist und Seele dadurch angeregt wünscht, dankt er mir's, wenn ich ihm das trefflichste Gemälde vor Augen stelle? Ein Gemäldefreund will schauen, er wird ablehnen, durch Gedicht oder Roman seine Einbildungskraft erregen zu lassen. Wer ist denn so begabt, daß er vielseitig genießen könne?

Sie aber, vorübergehender Freund, sind mir als ein solcher erschienen, und wenn Sie die Nettigkeit einer vornehm reichen französischen Verirrung zu schätzen wußten, so hoffe ich, Sie werden die einfache, treue Rechtlichkeit deutscher Zustände nicht verschmähen und mir verzeihen, wenn ich nach meiner Art und Denkweise, nach Herankommen und Stellung kein anmutigeres Bild finde, als wie sie uns der deutsche Mittelstand in seinen reinen Häuslichkeiten sehen läßt.

Lassen Sie sich's gefallen und gedenken mein."

Achtes Kapitel Wer ist der Verräter?

"Nein! nein!" rief er aus, als er heftig und eilig ins angewiesene Schlafzimmer trat und das Licht niedersetzte; "nein! es ist nicht möglich! Aber wohin soll ich mich wenden? Das erstemal denk' ich anders als er, das erstemal empfind' ich, will ich anders. — O mein Vater! Könntest du unsichtbar gegenwärtig sein, mich durch und durch schauen, du würdest dich überzeugen, daß ich noch derselbe bin, immer der treue, gehorsame, liebevolle Sohn. — Nein zu sagen! des Vaters liebstem, lange gehegtem Wunsch zu widerstreben! wie soll ich's offenbaren? wie soll ich's ausdrücken? Nein, ich kann Julien nicht heiraten. — Indem ich's ausspreche, erschrecke ich. Und wie soll ich vor ihn treten, es ihm eröffnen, dem guten, lieben Vater? Er blickt mich staunend an und schweigt, er schüttelt den Kopf; der einsichtige, kluge, gelehrte Mann weiß keine Worte zu finden. Weh mir!— O ich wüßte wohl, wem ich diese Pein, diese Verlegenheit vertraute, wen ich mir zum Fürsprecher ausgriffe! Aus allen dich, Lucinde! und dir möcht' ich zuerst sagen, wie ich dich liebe, wie ich mich dir hingebe, und dich flehentlich bitten: "Vertritt mich, und kannst du mich lieben, willst du mein sein, so vertritt uns beide!""

Dieses kurze, herzlich-leidenschaftliche Selbstgespräch aufzuklären, wird es aber viele Worte kosten.

Professor N. zu N. hatte einen einzigen Knaben von wundersamer Schönheit, den er bis in das achte Jahr der Vorsorge seiner Gattin, der würdigsten Frau, überließ; diese leitete die Stunden und Tage des Kindes zum Leben, Lernen und zu allem guten Betragen. Sie starb, und im Augenblicke fühlte der Vater, daß er diese Sorgfalt persönlich nicht weiter fortsetzen könne. Bisher war alles übereinkunft zwischen den Eltern; sie arbeiteten auf einen Zweck, beschlossen zusammen für die nächste Zeit, was zu tun sei, und die Mutter verstand alles weislich auszuführen. Doppelt und dreifach war nun die Sorge des Witwers, welcher wohl wußte und täglich vor Augen sah, daß für Söhne der Professoren auf Akademien selbst nur durch ein Wunder eine glückliche Bildung zu hoffen sei.

In dieser Verlegenheit wendete er sich an seinen Freund, den Oberamtmann zu R., mit dem er schon frühere Plane näherer Familienverbindungen durchgesprochen hatte. Dieser wußte zu raten und zu helfen, daß der Sohn in eine der guten Lehranstalten aufgenommen wurde, die in Deutschland blühten und worin für den ganzen Menschen, für Leib, Seele und Geist, möglichst gesorgt ward.

Untergebracht war nun der Sohn, der Vater jedoch fand sich gar zu allein: seiner Gattin beraubt, der lieblichen Gegenwart des Knaben entfremdet, den er, ohne selbsteigenes Bemühen, so erwünscht heraufgebildet gesehn. Auch hier kam die Freundschaft des Oberamtmanns zustatten; die Entfernung ihrer Wohnorte verschwand vor der Neigung, der Lust, sich zu bewegen, sich zu zerstreuen. Hier fand nun der verwaiste Gelehrte in einem gleichfalls mutterlosen Familienkreis zwei schöne, verschiedenartig liebenswürdige Töchter heranwachsen; wo denn beide Väter sich immer mehr und mehr bestärkten in dem Gedanken, in der Aussicht, ihre Häuser dereinst aufs erfreulichste verbunden zu sehn.

Sie lebten in einem glücklichen Fürstenlande; der tüchtige Mann war seiner Stelle lebenslänglich gewiß und ein gewünschter Nachfolger wahrscheinlich. Nun sollte, nach einem verständigen Familien—und Ministerialplan, sich Lucidor zu dem wichtigen Posten des künftigen Schwiegervaters bilden. Dies gelang ihm auch von Stufe zu Stufe. Man versäumte nichts, ihm alle Kenntnisse zu überliefern, alle Fähigkeiten an ihm zu entwickeln, deren der Staat jederzeit bedarf: die Pflege des strengen gerichtlichen Rechts, des läßlichern, wo Klugheit und Gewandtheit dem Ausübenden zur Hand geht; der Kalkül zum Tagesgebrauch, die höheren übersichten nicht ausgeschlossen, aber alles unmittelbar am Leben, wie es gewiß und unausbleiblich zu gebrauchen wäre.

In diesem Sinne hatte Lucidor seine Schuljahre vollbracht und ward nun durch Vater und Gönner zur Akademie vorbereitet. Er zeigte das schönste Talent zu allem und verdankte der Natur auch noch das seltene Glück, aus Liebe zum Vater, aus Ehrfurcht für den Freund seine Fähigkeiten gerade dahin lenken zu wollen, wohin man deutete, erst aus

Gehorsam, dann aus überzeugung. Auf eine auswärtige Akademie ward er gesendet und ging daselbst, sowohl nach eigener brieflicher Rechenschaft als nach Zeugnis seiner Lehrer und Aufseher, den Gang, der ihn zum Ziele führen sollte. Nur konnte man nicht billigen, daß er in einigen Fällen zu ungeduldig brav gewesen. Der Vater schüttelte hierüber den Kopf, der Oberamtmann nickte. Wer hätte sich nicht einen solchen Sohn gewünscht!

Indessen wuchsen die Töchter heran, Julie und Lucinde. Jene, die jüngere, neckisch, lieblich, unstät, höchst unterhaltend; die andere zu bezeichnen schwer, weil sie in Geradheit und Reinheit dasjenige darstellte, was wir an allen Frauen wünschenswert finden. Man besuchte sich wechselseitig, und im Hause des Professors fand Julie die unerschöpflichste Unterhaltung.

Geographie, die er durch Topographie zu beleben wußte, gehörte zu seinem Fach, und sobald Julie nur einen Band gewahr worden, dergleichen aus der Homannischen Offizin eine ganze Reihe dastanden, so wurden sämtliche Städte gemustert, beurteilt, vorgezogen oder zurückgewiesen; alle Häfen besonders erlangten ihre Gunst; andere Städte, welche nur einigermaßen ihren Beifall erhalten wollten, mußten sich mit vielen Türmen, Kuppeln und Minaretten fleißig hervorheben.

Der Vater ließ sie wochenlang bei dem geprüften Freunde; sie nahm wirklich zu an Wissenschaft und Einsicht und kannte so ziemlich die bewohnte Welt nach Hauptbezügen, Punkten und Orten. Auch war sie auf Trachten fremder Nationen sehr aufmerksam, und wenn ihr Pflegvater manchmal scherzhaft fragte: ob ihr denn von den vielen jungen, hübschen Leuten, die da vor dem Fenster hin und wider gingen, nicht einer oder der andere wirklich gefalle? so sagte sie: "Ja freilich, wenn er recht seltsam aussieht!" Da nun unsere jungen Studierenden es niemals daran fehlen lassen, so hatte sie oft Gelegenheit, an einem oder dem andern teilzunehmen; sie erinnerte sich an ihm irgendeiner fremden Nationaltracht, versicherte jedoch zuletzt, es müsse wenigstens ein Grieche, völlig nationell ausstaffiert, herbeikommen, wenn sie ihm vorzügliche Aufmerksamkeit widmen sollte; deswegen sie sich auch auf die Leipziger Messe wünschte, wo dergleichen auf der Straße zu sehen wären.

Nach seinen trocknen und manchmal verdrießlichen Arbeiten hatte nun unser Lehrer keine glücklichern Augenblicke, als wenn er sie scherzend unterrichtete und dabei heimlich triumphierte, sich eine so liebenswürdige, immer unterhaltene, immer unterhaltende Schwiegertochter zu erziehen. Die beiden Väter waren übrigens einverstanden, daß die Mädchen nichts von der Absicht vermuten sollten, auch Lucidorn hielt man sie verborgen.

So waren Jahre vergangen, wie sie denn gar leicht vergehen: Lucidor
stellte sich dar, vollendet, alle Prüfungen bestehend, selbst zur
Freude der obern Vorgesetzten, die nichts mehr wünschten, als die
Hoffnung alter, würdiger, begünstigter, gunstwerter Diener mit gutem
Gewissen erfüllen zu können.

Und so war denn die Angelegenheit mit ordnungsgemäßem Schritt endlich dahin gediehen, daß Lucidor, nachdem er sich in untergeordneten Stellen musterhaft betragen, nunmehr einen gar vorteilhaften Sitz nach Verdienst und Wunsch erlangen sollte, gerade mittewegs zwischen der Akademie und dem Oberamtmann gelegen.

Der Vater sprach nunmehr mit dem Sohn von Julien, auf die er bisher nur hingedeutet hatte, als von dessen Braut und Gattin, ohne weiteren Zweifel und Bedingung, das Glück preisend, solch ein lebendiges Kleinod sich angeeignet zu haben. Er sah seine Schwiegertochter im Geiste schon wieder von Zeit zu Zeit bei sich, mit Karten, Planen und Städtebildern beschäftigt; der Sohn dagegen erinnerte sich des allerliebsten, heitern Wesens, das ihn zu kindlicher Zeit durch Neckerei wie durch Freundlichkeit immer ergötzt hatte. Nun sollte Lucidor zu dem Oberamtmann hinüberreiten, die herangewachsene Schöne näher betrachten, sich einige Wochen, zu Gewohnheit und Bekanntschaft, mit dem Gesamthause ergehen. Würden die jungen Leute, wie zu hoffen, bald einig, so sollte man's melden, der Vater würde sogleich erscheinen, damit ein feierliches Verlöbnis das gehoffte Glück für ewig sicherstelle.

Lucidor kommt an, er wird freundlichst empfangen, ein Zimmer ihm angewiesen, er richtet sich ein und erscheint. Da findet er denn, außer den uns schon bekannten Familiengliedern, noch einen halberwachsenen Sohn, verzogen, geradezu, aber gescheit und gutmütig, so daß, wenn man ihn für den lustigen Rat nehmen wollte, er gar nicht übel zum Ganzen paßte. Dann gehörte zum Haus ein sehr alter, aber gesunder, frohmütiger Mann, still, fein, klug, auslebend nun hie und da auszuhelfen. Gleich nach Lucidor kam noch ein Fremder hinzu, nicht mehr jung, von bedeutendem Ansehn, würdig, lebensgewandt und durch Kenntnis der weitesten Weltgegenden höchst unterhaltend. Sie hießen ihn Antoni.

Julie empfing ihren angekündigten Bräutigam schicklich, aber zuvorkommend, Lucinde dagegen machte die Ehre des Hauses wie jene ihrer Person. So verging der Tag ausgezeichnet angenehm für alle, nur für Lucidorn nicht; er,

ohnehin schweigsam, mußte von Zeit zu Zeit, um nicht gar
zu verstummen, sich fragend verhalten; wobei denn
niemand zum Vorteil erscheint.

Zerstreut war er durchaus: denn er hatte vom ersten
Augenblick an nicht Abneigung noch Widerwillen, aber
Entfremdung gegen Julien gefühlt; Lucinde dagegen zog ihn
an, daß er zitterte, wenn sie ihn mit ihren vollen, reinen,
ruhigen Augen ansah.

So bedrängt, erreichte er den ersten Abend sein
Schlafzimmer und ergoß sich in jenem Monolog, mit dem
wir begonnen haben. Um aber auch diesen zu erklären, und
wie die Heftigkeit einer solchen Redefülle zu demjenigen
paßt, was wir schon von ihm wissen, wird eine kurze
Mitteilung nötig.

Lucidor war von tiefem Gemüt und hatte meist etwas anders
im Sinn, als was die Gegenwart erheischte; deswegen
Unterhaltung und Gespräch ihm nie recht glücken wollte;
er fühlte das und wurde schweigsam, außer wenn von
bestimmten Fächern die Rede war, die er durchstudiert hatte,
davon ihm jederzeit zu Diensten stand, was er bedurfte.
Dazu kam, daß er, früher auf der Schule, später auf der
Universität, sich an Freunden betrogen und seinen
Herzenserguß unglücklich vergeudet hatte; jede Mitteilung
war ihm daher bedenklich; Bedenken aber hebt jede
Mitteilung auf. Zu seinem Vater war er nur gewohnt
unisono zu sprechen, und sein volles Herz ergoß sich daher
in Monologen, sobald er allein war.

Den andern Morgen hatte er sich zusammengenommen und
wäre doch beinahe außer Fassung gerückt, als ihm Julie
noch freundlicher, heiterer und freier entgegenkam. Sie
wußte viel zu fragen, nach seinen Land—und
Wasserfahrten, wie er, als Student, mit dem Bündelchen

auf'm Rücken die Schweiz durchstreift und durchstiegen, ja über die Alpen gekommen. Da wollte sie nun von der schönen Insel auf dem großen südlichen See vieles wissen; rückwärts aber mußte der Rhein, von seinem ersten Ursprung an, erst durch höchst unerfreuliche Gegenden begleitet werden, und so hinabwärts durch manche Abwechselung; wo es denn freilich zuletzt, zwischen Mainz und Koblenz, noch der Mühe wert ist, den Fluß ehrenvoll aus seiner letzten Beschränkung in die weite Welt, ins Meer zu entlassen.

Lucidor fühlte sich hiebei sehr erleichtert, erzählte gern und gut, so daß Julie entzückt ausrief: so was müsse man selbander sehen. Worüber denn Lucidor abermals erschrak, weil er darin eine Anspielung auf ihr gemeinsames Wandern durchs Leben zu spüren glaubte.

Von seiner Erzählerpflicht jedoch wurde er bald abgelöst; denn der Fremde, den sie Antoni hießen, verdunkelte gar geschwind alle Bergquellen, Felsufer, eingezwängte, freigelassene Flüsse: nun hier ging's unmittelbar nach Genua; Livorno lag nicht weit, das Interessanteste im Lande nahm man auf den Raub so mit; Neapel mußte man, ehe man stürbe, gesehen haben, dann aber blieb freilich Konstantinopel noch übrig, das doch auch nicht zu versäumen sei. Die Beschreibung, die Antoni von der weiten Welt machte, riß die Einbildungskraft aller mit sich fort, ob er gleich weniger Feuer darein zu legen hatte. Julie, ganz außer sich, war aber noch keineswegs befriedigt, sie fühlte noch Lust nach Alexandrien, Kairo, besonders aber zu den Pyramiden, von denen sie ziemlich auslangende Kenntnisse durch ihres vermutlichen Schwiegervaters Unterricht gewonnen hatte.

Lucidor, des nächsten Abends (er hatte kaum die Türe angezogen, das Licht noch nicht niedergesetzt), rief aus:

111

"Nun besinne dich denn! es ist Ernst. Du hast viel Ernstes gelernt und durchdacht; was soll denn Rechtsgelehrsamkeit, wenn du jetzt nicht gleich als Rechtsmann handelst? Siehe dich als einen Bevollmächtigten an, vergiß dich selbst und tue, was du für einen andern zu tun schuldig wärst. Es verschränkt sich aufs fürchterlichste! Der Fremde ist offenbar um Lucindes willen da, sie bezeigt ihm die schönsten, edelsten gesellig-häuslichen Aufmerksamkeiten; die kleine Närrin möchte mit jedem durch die Welt laufen, für nichts und wieder nichts. überdies noch ist sie ein Schalk, ihr Anteil an Städten und Ländern ist eine Posse, wodurch sie uns zum Schweigen bringt. Warum aber seh' ich diese Sache so verwirrt und verschränkt an? Ist der Oberamtmann nicht selbst der verständigste, der einsichtigste, liebevollste Vermittler? Du willst ihm sagen, wie du fühlst und denkst, und er wird mitdenken, wenn auch nicht mitfühlen. Er vermag alles über den Vater. Und ist nicht eine wie die andere seine Tochter? Was will denn der Anton Reiser mit Lucinden, die für das Haus geboren ist, um glücklich zu sein und Glück zu schaffen? hefte sich doch das zapplige Quecksilber an den ewigen Juden, das wird eine allerliebste Partie werden."

Des Morgens ging Lucidor festen Entschlusses hinab, mit dem Vater zu sprechen und ihn deshalb in bekannten freien Stunden unverzüglich anzugehn. Wie groß war sein Schmerz, seine Verlegenheit, als er vernahm: der Oberamtmann, in Geschäften verreist, werde erst übermorgen zurückerwartet. Julie schien heute so recht ganz ihren Reisetag zu haben, sie hielt sich an den Weltwanderer und überließ mit einigen Scherzreden, die sich auf Häuslichkeit bezogen, Lucidor an Lucinden. Hatte der Freund vorher das edle Mädchen aus gewisser Ferne gesehen, nach einem allgemeinen Eindruck, und sie sich schon herzlichst angeeignet, so mußte er in der nächsten

Nähe alles doppelt und dreifach entdecken, was ihn erst im allgemeinen anzog.

Der gute alte Hausfreund, an der Stelle des abwesenden Vaters, tat sich nun hervor; auch er hatte gelebt, geliebt und war, nach manchen Quetschungen des Lebens, noch endlich an der Seite des Jugendfreundes aufgefrischt und wohlbehalten. Er belebte das Gespräch und verbreitete sich besonders über Verirrungen in der Wahl eines Gatten, erzählte merkwürdige Beispiele von zeitiger und verspäteter Erklärung. Lucinde erschien in ihrem völligen Glanze, sie gestand, daß im Leben das Zufällige jeder Art, und so auch in Verbindungen, das Allerbeste bewirken könne; doch sei es schöner, herzerhebender, wenn der Mensch sich sagen dürfte: er sei sein Glück sich selbst, der stillen, ruhigen überzeugung seines Herzens, einem edlen Vorsatz und raschen Entschlusse schuldig geworden. Lucidorn standen die Tränen in den Augen, als er Beifall gab, worauf die Frauenzimmer sich bald entfernten. Der alte Vorsitzende mochte sich in Wechselgeschichten gern ergehen, und so verbreitete sich die Unterhaltung in heitere Beispiele, die jedoch unsern Helden so nahe berührten, daß nur ein so rein gebildeter Jüngling nicht herauszubrechen über sich gewinnen konnte; das geschah aber, als er allein war.

"Ich habe mich gehalten!" rief er aus. "Mit solcher Verwirrung will ich meinen guten Vater nicht kränken; ich habe an mich gehalten: denn ich sehe in diesem würdigen Hausfreunde den Stellvertretenden beider Väter; zu ihm will ich reden, ihm alles entdecken, er wird's gewiß vermitteln und hat beinahe schon ausgesprochen, was ich wünsche. Sollte er im einzelnen Falle schelten, was er überhaupt billigt? Morgen früh such' ich ihn auf, ich muß diesem Drange Luft machen."

Beim Frühstück fand sich der Greis nicht ein; er hatte, hieß es, gestern abend zu viel gesprochen, zu lange gesessen und einige Tropfen Wein über Gewohnheit getrunken. Man erzählte viel zu seinem Lobe, und zwar gerade solche Reden und Handlungen, die Lucidorn zur Verzweiflung brachten, daß er sich nicht sogleich an ihn gewendet. Dieses unangenehme Gefühl ward nur noch geschärft, als er vernahm: bei solchen Anfällen lasse der gute Alte sich manchmal in acht Tagen gar nicht sehen.

Ein ländlicher Aufenthalt hat für geselliges Zusammensein gar große Vorteile, besonders wenn die Bewirtenden sich, als denkende, fühlende Personen, mehrere Jahre veranlaßt gefunden, der natürlichen Anlage ihrer Umgebung zu Hülfe zu kommen. So war es hier geglückt. Der Oberamtmann, erst unverheiratet, dann in einer langen, glücklichen Ehe, selbst vermögend, an einem einträglichen Posten, hatte nach eignem Blick und Einsicht, nach Liebhaberei seiner Frau, ja zuletzt nach Wünschen und Grillen seiner Kinder erst größere und kleinere abgesonderte Anlagen besorgt und begünstigt, welche, mit Gefühl allmählich durch Pflanzungen und Wege verbunden, eine allerliebste, verschiedentlich abweichende, charakteristische Szenenfolge dem Durchwandelnden darstellten. Eine solche Wallfahrt ließen denn auch unsere jungen Familienglieder ihren Gast antreten, wie man seine Anlagen dem Fremden gerne vorzeigt, damit er das, was uns gewöhnlich geworden, auffallend erblicke und den günstigen Eindruck davon für immer behalte.

Die nächste so wie die fernere Gegend war zu bescheidenen Anlagen und eigentlich ländlichen Einzelnheiten höchst geeignet. Fruchtbare Hügel wechselten mit wohlbewässerten Wiesengründen, so daß das Ganze von Zeit zu Zeit zu sehen war, ohne flach zu sein; und wenn Grund und Boden vorzüglich dem Nutzen gewidmet erschien, so war doch das Anmutige, das Reizende nicht ausgeschlossen.

An die Haupt—und Wirtschaftsgebäude fügten sich Lust, Obst—und Grasgärten, aus denen man sich unversehens in ein Hölzchen verlor, das ein breiter, fahrbarer Weg auf und ab, hin und wider durchschlängelte. Hier in der Mitte war, auf der bedeutendsten Höhe, ein Saal erbaut, mit anstoßenden Gemächern. Wer zur Haupttüre hereintrat, sah im großen Spiegel die günstigste Aussicht, welche die Gegend nur gewähren mochte, und kehrte sich geschwind wieder um, an der Wirklichkeit von dem unerwarteten Bilde Erholung zu nehmen: denn das Herankommen war künstlich genug eingerichtet und alles klüglich verdeckt, was überraschung bewirken sollte. Niemand trat herein, ohne daß er von dem Spiegel zur Natur und von der Natur zum Spiegel sich nicht gern hin und wider gewendet hätte.

Am schönsten, heitersten, längsten Tage einmal auf dem Wege, hielt man einen sinnigen Flurzug um und durch das Ganze. Hier wurde das Abendplätzchen der guten Mutter bezeichnet, wo eine herrliche Buche rings umher sich freien Raum gehalten hatte. Bald nachher wurde Lucindens Morgenandacht von Julien halb neckisch angedeutet, in der Nähe eines Wässerchens zwischen Pappeln und Erlen, an hinabstreichenden Wiesen, hinaufziehenden Äckern. Es war nicht zu beschreiben, wie hübsch! schon überall glaubte man es gesehen zu haben, aber nirgends in seiner Einfalt so bedeutend und so willkommen. Dagegen zeigte der Junker, auch halb wider Willen Juliens, die kleinlichen Lauben und kindischen Gärtchenanstalten, die, nächst einer vertraulich gelegenen Mühle, kaum noch zu bemerken; sie schrieben sich aus einer Zeit her, wo Julie, etwa in ihrem zehnten Jahre, sich in den Kopf gesetzt hatte, Müllerin zu werden und, nach dem Abgang der beiden alten Leute, selbst einzutreten und sich einen braven Mühlknappen auszusuchen.

"Das war zu einer Zeit", rief Julie, "wo ich noch nichts von Städten wußte, die an Flüssen liegen, oder gar am Meer, von Genua nichts u.s. w. Ihr guter Vater, Lucidor, hat mich bekehrt, seit der Zeit komm' ich nicht leicht hierher." Sie setzte sich neckisch auf ein Bänkchen, das sie kaum noch trug, unter einen Holunderstrauch, der sich zu tief gebeugt hatte. "Pfui übers Hocken!" rief sie, sprang auf und lief mit dem lustigen Bruder davon.

Das zurückgebliebene Paar unterhielt sich verständig, und in solchen Fällen nähert sich der Verstand auch wohl dem Gefühl. Abwechselnd einfache, natürliche Gegenstände zu durchwandern, mit Ruhe zu betrachten, wie der verständige, kluge Mensch ihnen etwas abzugewinnen weiß, wie die Einsicht ins Vorhandene, zum Gefühl seiner Bedürfnisse sich gesellend, Wunder tut, um die Welt erst bewohnbar zu machen, dann zu bevölkern und endlich zu übervölkern, das alles konnte hier im einzelnen zur Sprache kommen. Lucinde gab von allem Rechenschaft und konnte, so bescheiden sie war, nicht verbergen, daß die bequemlich angenehmen Verbindungen entfernter Partien ihr Werk seien, unter Angabe, Leitung oder Vergünstigung einer verehrten Mutter.

Da sich aber denn doch der längste Tag endlich zum Abend bequemt, so mußte man auf Rückkehr denken, und als man auf einen angenehmen Umweg sann, verlangte der lustige Bruder: man solle den kürzern, obgleich nicht erfreulichen, wohl gar beschwerlichen Weg einschlagen. "Denn", rief er aus, "ihr habt mit euren Anlagen und Anschlägen geprahlt, wie ihr die Gegend für malerische Augen und für zärtliche Herzen verschönert und verbessert; laßt mich aber auch zu Ehren kommen."

Nun mußte man über geackerte Stellen und holprichte Pfade, ja wohl auch auf zufällig hingeworfenen Steinen über Moorflecke wandern und sah, schon in einer gewissen Ferne, allerlei Maschinenwerk verworren aufgetürmt. Näher betrachtet, war ein großer Lust—und Spielplatz, nicht ohne Verstand, mit einem gewissen Volkssinn eingerichtet. Und so standen hier, in gehörigen Entfernungen zusammengeordnet, das große Schaukelrad, wo die Auf— und Absteigenden immer gleich horizontal ruhig sitzenbleiben, andere Schaukeleien, Schwungseile, Lusthebel, Kegel—und Zellenbahnen, und was nur alles erdacht werden kann, um auf einem großen Triftraum eine Menge Menschen verschiedentlichst und gleichmäßig zu beschäftigen und zu erlustigen. "Dies", rief er aus, "ist meine Erfindung, meine Anlage! und obgleich der Vater das Geld und ein gescheiter Kerl den Kopf dazu hergab, so hätte doch ohne mich, den ihr oft unvernünftig nennt, Verstand und Geld sich nicht zusammengefunden."

So heiter gestimmt kamen alle vier mit Sonnenuntergang wieder nach Hause. Antoni fand sich ein; die Kleine jedoch, die an diesem bewegten Tage noch nicht genug hatte, ließ einspannen und fuhr über Land zu einer Freundin, in Verzweiflung, sie seit zwei Tagen nicht gesehen zu haben. Die vier Zurückgebliebenen fühlten sich verlegen, ehe man sich's versah, und es ward sogar ausgesprochen, daß des Vaters Ausbleiben die Angehörigen beunruhige. Die Unterhaltung fing an zu stocken, als auf einmal der lustige Junker aufsprang und gar bald mit einem Buche zurückkam, sich zum Vorlesen erbietend. Lucinde enthielt sich nicht zu fragen, wie er auf den Einfall komme, den er seit einem Jahre nicht gehabt; worauf er munter versetzte: "Mir fällt alles zur rechten Zeit ein, dessen könnt ihr euch nicht rühmen." Er las eine Folge echter Märchen, die den Menschen aus sich selbst hinausführen, seinen Wünschen schmeicheln und ihn jede Bedingung vergessen machen, zwischen welche wir, selbst in den glücklichsten Momenten, doch immer noch eingeklemmt sind.

"Was beginne ich nun!" rief Lucidor, als er sich endlich allein fand: "die Stunde drängt; zu Antoni hab' ich kein Vertrauen, er ist weltfremd, ich weiß nicht, wer er ist, wie er ins Haus kommt, noch was er will; um Lucinden scheint er sich zu bemühen, und was könnte ich daher von ihm hoffen? Mir bleibt nichts übrig, als Lucinden selbst anzugehn; sie muß es wissen, sie zuerst. Dies war ja mein erstes Gefühl; warum lassen wir uns auf Klugheitswege verleiten! Das Erste soll nun das Letzte sein, und ich hoffe, zum Ziel zu gelangen."

Sonnabend morgen ging Lucidor, zeitig angekleidet, in seinem Zimmer auf und ab, was er Lucinden zu sagen hätte hin und her bedenkend, als er eine Art von scherzhaftem Streit vor seiner Türe vernahm, die auch alsobald aufging. Da schob der lustige Junker einen Knaben vor sich hin, mit Kaffee und Backwerk für den Gast; er selbst trug kalte Küche und Wein. "Du sollst vorangehen", rief der Junker, "denn der Gast muß zuerst bedient werden, ich bin gewohnt, mich selbst zu bedienen. Mein Freund! heute komme ich etwas früh und tumultuarisch; genießen wir unser Frühstück in Ruhe, und dann wollen wir sehen, was wir anfangen: denn von der Gesellschaft haben wir wenig zu hoffen. Die Kleine ist von ihrer Freundin noch nicht zurück; diese müssen gegeneinander wenigstens alle vierzehn Tage ihr Herz ausschütten, wenn es nicht springen soll. Sonnabend ist Lucinde ganz unbrauchbar, sie liefert dem Vater pünktlich ihre Haushaltsrechnung; da hab' ich mich auch einmischen sollen, aber Gott bewahre mich! Wenn ich weiß, was eine Sache kostet, so schmeckt mir kein Bissen. Gäste werden auf morgen erwartet, der Alte hat sich noch nicht wieder ins Gleichgewicht gestellt, Antoni ist auf die Jagd, wir wollen das gleiche tun."

Flinten, Taschen und Hunde waren bereit, als sie in den Hof
kamen, und nun ging es an den Feldern weg, wo denn doch
allenfalls ein junger Hase und ein armer, gleichgültiger
Vogel geschossen wurde. Indessen besprach man sich von
häuslichen und gegenwärtig geselligen Verhältnissen.
Antoni ward genannt, und Lucidor verfehlte nicht, sich
nach ihm näher zu erkundigen. Der lustige Junker, mit
einiger Selbstgefälligkeit, versicherte: jenen wunderlichen
Mann, so geheimnisvoll er auch tue, habe er schon durch
und durch geblickt. "Er ist", fuhr er fort, "gewiß der Sohn
aus einem reichen Handelshause, das gerade in dem
Augenblick fallierte, als er, in der Fülle seiner Jugend, teil an
großen Geschäften mit Kraft und Munterkeit zu nehmen,
daneben aber die sich reichlich darbietenden Genüsse zu
teilen gedachte. Von der Höhe seiner Hoffnungen
heruntergestürzt, raffte er sich zusammen und leistete,
andern dienend, dasjenige, was er für sich und die Seinigen
nicht mehr bewirken konnte. So durchreiste er die Welt,
lernte sie und ihren wechselseitigen Verkehr aufs genaueste
kennen und vergaß dabei seines Vorteils nicht. Unermüdete
Tätigkeit und erprobte Rechtlichkeit brachten und erhielten
ihm von vielen ein unbedingtes Vertrauen. So erwarb er sich
allerorten Bekannte und Freunde, ja es läßt sich gar wohl
merken, daß sein Vermögen so weit in der Welt umher
verteilt ist, als seine Bekanntschaft reicht, weshalb denn
auch seine Gegenwart in allen vier Teilen der Welt von Zeit
zu Zeit nötig ist."

Umständlicher und naiver hatte dies der lustige Junker
erzählt und so manche possenhafte Bemerkung
eingeschlossen, eben als wenn er sein Märchen recht
weitläufig auszuspinnen gedächte.

"Wie lange steht er nicht schon mit meinem Vater in

Verbindung! Die meinen, ich sehe nichts, weil ich mich um nichts bekümmere; aber eben deswegen seh' ich's nur desto besser, weil mich's nichts angeht. Vieles Geld hat er bei meinem Vater niedergelegt, der es wieder sicher und vorteilhaft unterbrachte. Erst gestern steckte er dem Alten ein Juwelenkästchen zu; einfacher, schöner und kostbarer hab' ich nichts gesehen, obgleich nur mit einem Blick, denn es wird verheimlicht. Wahrscheinlich soll es der Braut zu Vergnügen, Lust und künftiger Sicherheit verehrt werden. Antoni hat sein Zutrauen auf Lucinden gesetzt! Wenn ich sie aber so zusammen sehe, kann ich sie nicht für ein wohl assortiertes Paar halten. Die Ruschliche wäre besser für ihn, ich glaube auch, sie nimmt ihn lieber als die Älteste; sie blickt auch wirklich manchmal nach dem alten Knasterbart so munter und teilnehmend hinüber, als wenn sie sich mit ihm in den Wagen setzen und auf und davon fliegen wolle." Lucidor faßte sich zusammen; er wußte nicht, was zu erwidern wäre, alles, was er vernahm, hatte seinen innerlichen Beifall. Der Junker fuhr fort: "überhaupt hat das Mädchen eine verkehrte Neigung zu alten Leuten; ich glaube, sie hätte ihren Vater so frisch weg geheiratet wie den Sohn."

Lucidor folgte seinem Gefährten, wo ihn dieser auch über Stock und Stein hinführte; beide vergaßen die Jagd, die ohnehin nicht ergiebig sein konnte. Sie kehrten auf einem Pachthofe ein, wo, gut aufgenommen, der eine Freund sich mit Essen, Trinken und Schwätzen unterhielt, der andere aber in Gedanken und überlegungen sich versenkte, wie er die gemachte Entdeckung für sich und seinen Vorteil benutzen möchte.

Lucidor hatte nach allen diesen Erzählungen und Eröffnungen so viel Vertrauen zu Antoni gewonnen, daß er gleich beim Eintritt in den Hof nach ihm fragte und in den

Garten eilte, wo er zu finden sein sollte. Er durchstrich die sämtlichen Gänge des Parks bei heiterer Abendsonne; umsonst! Nirgends keine Seele war zu sehen; endlich trat er in die Türe des großen Saals, und, wundersam genug, die untergehende Sonne, aus dem Spiegel zurückscheinend, blendete ihn dergestalt, daß er die beiden Personen, die auf dem Kanapee saßen, nicht erkennen, wohl aber unterscheiden konnte, daß einem Frauenzimmer von einer neben ihr sitzenden Mannsperson die Hand sehr feurig geküßt wurde. Wie groß war daher sein Entsetzen, als er bei hergestellter Augenruhe Lucinden und Antoni vor sich sahe. Er hätte versinken mögen, stand aber wie angewurzelt, als ihn Lucinde freundlichst und unbefangen willkommen hieß, zurückte und ihn bat, zu ihrer rechten Seite zu sitzen. Unbewußt ließ er sich nieder, und wie sie ihn anredete, nach dem heutigen Tage sich erkundigte, Vergebung bat häuslicher Abhaltungen, da konnte er ihre Stimme kaum ertragen. Antoni stand auf und empfahl sich Lucinden; als sie, sich gleichfalls erhebend, den Zurückgebliebenen zum Spaziergang einlud. Neben ihr hergehend, war er schweigsam und verlegen; auch sie schien beunruhigt; und wenn er nur einigermaßen bei sich gewesen wäre, so hätte ihm ein tiefes Atemholen verraten müssen, daß sie herzliche Seufzer zu verbergen habe. Sie beurlaubte sich zuletzt, als sie sich dem Hause näherten, er aber wandte sich, erst langsam, dann heftig, gegen das Freie. Der Park war ihm zu eng, er eilte durchs Feld, nur die Stimme seines Herzens vernehmend, ohne Sinn für die Schönheiten des vollkommensten Abends. Als er sich allein sah und seine Gefühle sich im beruhigenden Tränenerguß Luft machten, rief er aus:

"Schon einigemal im Leben, aber nie so grausam hab' ich den Schmerz empfunden, der mich nun ganz elend macht: wenn das gewünschteste Glück endlich Hand in Hand, Arm in Arm zu uns tritt und zugleich sein Scheiden für ewig ankündet. Ich saß bei ihr, ging neben ihr, das bewegte Kleid berührte mich, und ich hatte sie schon verloren! Zähle dir das nicht vor, drösele dir's nicht auf, schweig und entschließe dich!"

Er hatte sich selbst den Mund verboten, er schwieg und sann, durch Felder, Wiesen und Busch, nicht immer auf den wegsamsten Pfaden hinschreitend. Nur als er spät in sein Zimmer trat, hielt er sich nicht und rief: "Morgen früh bin ich fort, solch einen Tag will ich nicht wieder erleben!"

Und so warf er sich angekleidet aufs Lager. —Glückliche, gesunde Jugend! Er schlief schon; die abmüdende Bewegung des Tages hatte ihm die süße Nachtruhe verdient. Aus tröstlichen Morgenträumen jedoch weckte ihn die allerfrühste Sonne; es war eben der längste Tag, der ihm überlang zu werden drohte. Wenn er die Anmut des beruhigenden Abendgestirns gar nicht empfunden, so fühlte er die aufregende Schönheit des Morgens nur, um zu verzweifeln. Er sah die Welt so herrlich als je, seinen Augen war sie es noch; sein Inneres aber widersprach: das gehörte ihm alles nicht mehr an, er hatte Lucinden verloren.

Neuntes Kapitel

Der Mantelsack war schnell gepackt, den er wollte liegenlassen; keinen Brief schrieb er dazu, nur mit wenig Worten sollte sein Ausbleiben vom Tisch, vielleicht auch vom Abend, durch den Reitknecht entschuldigt werden, den er ohnehin aufwecken mußte. Diesen aber fand er unten, schon vor dem Stalle, mit großen Schritten auf und ab gehend. "Sie wollen doch nicht reiten?" rief der sonst gutmütige Mensch mit einigem Verdruß. "Ihnen darf ich es wohl sagen, aber der junge Herr wird alle Tage unerträglicher. Hatte er sich doch gestern in der Gegend herumgetrieben, daß man glauben sollte, er danke Gott, einen Sonntagmorgen zu ruhen. Kommt er nicht heute frühe vor Tag, rumort im Stalle, und wie ich aufspringe, sattelt und zäumt er Ihr Pferd, ist durch keine Vorstellung abzuhalten; er schwingt sich darauf und ruft: "Bedenke nur das gute Werk, das ich tue! Dies Geschöpf geht immer nur gelassen einen juristischen Trab, ich will sehen, daß ich ihn zu einem raschen Lebensgalopp anrege." Er sagte ungefähr so und verführte andere wunderliche Reden."

Lucidor war doppelt und dreifach betroffen, er liebte das Pferd, als seinem eigenen Charakter, seiner Lebensweise zusagend; ihn verdroß, das gute, verständige Geschöpf in den Händen eines Wildfangs zu wissen. Sein Plan war zerstört, seine Absicht, zu einem Universitätsfreunde, mit dem er in froher, herzlicher Verbindung gelebt, in dieser Krise zu flüchten. Das alte Zutrauen war erwacht, die dazwischenliegenden Meilen wurden nicht gerechnet, er glaubte schon bei dem wohlwollenden, verständigen Freunde Rat und Linderung zu finden. Diese Aussicht war nun abgeschnitten; doch sie war's nicht, wenn er es wagte, auf frischen Wanderfüßen, die ihm zu Gebote standen, sein Ziel zu erreichen.

Vor allen Dingen suchte er nun aus dem Park ins freie Feld, auf den Weg, der ihn zum Freunde führen sollte, zu gelangen. Er war seiner Richtung nicht ganz gewiß, als ihm, linker Hand, über dem Gebüsch hervorragend, auf wunderlichem Zimmerwerk die Einsiedelei, aus der man ihm früher ein Geheimnis gemacht hatte, in die Augen fiel und er, jedoch zu seiner größten Verwunderung, auf der Galerie unter dem chinesischen Dache den guten Alten, der einige Tage für krank gehalten worden, munter um sich blickend erschaute. Dem freundlichsten Gruße, der dringenden Einladung heraufzukommen widerstand Lucidor mit Ausflüchten und eiligen Gebärden. Nur Teilnahme für den guten Alten, der, die steile Treppe schwankenden Tritts heruntereilend, herabzustürzen drohte, konnte ihn vermögen, entgegenzusehen und sodann sich hinaufziehen zu lassen. Mit Verwunderung betrat er das anmutige Sälchen: es hatte nur drei Fenster gegen das Land, eine allerliebste Aussicht; die übrigen Wände waren verziert oder vielmehr verdeckt von hundert und aber hundert Bildnissen, in Kupfer gestochen, allenfalls auch gezeichnet, auf die Wand nebeneinander in gewisser Ordnung aufgeklebt, durch farbige Säume und Zwischenräume gesondert.

"Ich begünstige Sie, mein Freund, wie nicht jeden; dies ist das Heiligtum, in dem ich meine letzten Tage vergnüglich zubringe. Hier erhol' ich mich von allen Fehlern, die mich die Gesellschaft begehen läßt, hier bring' ich meine Diätfehler wieder ins Gleichgewicht."

Lucidor besah sich das Ganze, und in der Geschichte wohl erfahren, sah er alsbald klar, daß eine historische Neigung zugrunde liege.

"Hier oben in der Friese", sagte der Alte, "finden Sie die Namen vortrefflicher Männer aus der Urzeit, dann aus der näheren auch nur die Namen, denn wie sie ausgesehen, möchte schwerlich auszumitteln sein. Hier aber im Hauptfelde geht eigentlich mein Leben an, hier sind die Männer, die ich noch nennen gehört als Knabe. Denn etwa funfzig Jahre bleibt der Name vorzüglicher Menschen in der Erinnerung des Volks, weiterhin verschwindet er oder wird märchenhaft.—Obgleich von deutschen Eltern, bin ich in Holland geboren, und für mich ist Wilhelm von Oranien, als Statthalter und König von England, der Urvater aller außerordentlichen Männer und Helden.

Nun sehen Sie aber Ludwig den Vierzehnten gleich neben ihm, als welcher"—wie gern hätte Lucidor den guten Alten unterbrochen, wenn es sich geschickt hätte, wie es sich uns, den Erzählenden, wohl ziemen mag: denn ihn bedrohte die neue und neueste Geschichte, wie sich an den Bildern Friedrichs des Großen und seiner Generale, nach denen er hinschielte, gar wohl bemerken ließ.

Ehrte nun auch der gute Jüngling die lebendige Teilnahme des Alten an seiner nächsten Vor—und Mitzeit, konnten ihm einzelne individuelle Züge und Ansichten als interessant nicht entgehen, so hatte er doch auf Akademien schon die neuere und neueste Geschichte gehört, und was man einmal gehört hat, glaubt man für immer zu wissen. Sein Sinn stand in die Ferne, er hörte nicht, er sah kaum und war eben im Begriff, auf die ungeschickteste Weise zur Türe hinaus und die lange, fatale Treppe hinunter zu poltern, als ein Händeklatschen von unten heftig zu vernehmen war.

Indessen sich Lucidor zurückhielt, fuhr der Kopf des Alten zum Fenster hinaus, und von unten ertönte eine wohlbekannte Stimme: "Kommen Sie herunter, um 's Himmels willen, aus Ihrem historischen Bildersaal, alter Herr! Schließen Sie Ihre Fasten und helfen mir unsern jungen Freund begütigen—wenn er's erfährt. Lucidors Pferd hab' ich etwas unvernünftig angegriffen, es hat ein Eisen verloren, und ich mußte es stehen lassen. Was wird er sagen? Es ist doch gar zu absurd, wenn man absurd ist."

"Kommen Sie herauf!" sagte der Alte und wendete sich herein zu Lucidor: "Nun, was sagen Sie?" Lucidor schwieg, und der wilde Junker trat herein. Das Hin—und Widerreden gab eine lange Szene; genug, man beschloß, den Reitknecht sogleich hinzuschicken, um für das Pferd Sorge zu tragen.

Den Greis zurücklassend, eilten beide jungen Leute nach dem Hause, wohin sich Lucidor nicht ganz unwillig ziehen ließ; es mochte daraus werden, was wollte, wenigstens war in diesen Mauern der einzige Wunsch seines Herzens eingeschlossen. In solchem verzweifelten Falle vermissen wir ohnehin den Beistand unseres freien Willens und fühlen uns erleichtert für einen Augenblick, wenn von irgendwoher Bestimmung und Nötigung eingreift. Jedoch fand er sich, da er sein Zimmer betrat, in dem wunderlichsten Zustande, eben als wenn jemand in ein Gasthofsgemach, das er soeben verließ, unerwünscht wieder einzukehren genötigt ist, weil ihm eine Achse gebrochen.

Der lustige Junker machte sich nun über den Mantelsack, um alles recht ordentlich auszupacken, vorzüglich legte er zusammen, was von festlichen Kleidungsstücken, obgleich reisemäßig, vorhanden war; er nötigte Lucidorn, Schuh und Strümpfe anzuziehen, richtete dessen vollkrause, braune Locken zurecht und putzte ihn aufs beste heraus. Sodann rief er hinwegtretend, unsern Freund und sein Machwerk vom Kopf bis zum Fuße beschauend: "Nun seht Ihr doch, Freundchen, einem Menschen gleich, der einigen Anspruch auf hübsche Kinder macht, und ernsthaft genug dabei, um sich nach einer Braut umzusehn. Nur einen Augenblick! und Ihr sollt erfahren, wie ich mich hervorzutun weiß, wenn die Stunde schlägt. Das hab' ich Offizieren abgelernt, nach denen die Mädchen immer schielen, und da hab' ich mich zu einer gewissen Soldateska selbst enrolliert, und nun sehen sie mich auch an und wieder an, weil keine weiß, was sie aus mir machen soll. Da entsteht nun aus dem Hin—und Hersehen, aus Verwunderung und Aufmerksamkeit oft etwas gar Artiges, das, wär' es auch nicht dauerhaft, doch wert ist, daß man ihm den Augenblick gönne.

Aber nun kommen Sie, Freund, und erweisen mir den gleichen Dienst! Wenn Sie mich Stück für Stück in meine Hülle schlüpfen sehen, so werden Sie Witz und Erfindungsgabe dem leichtfertigen Knaben nicht absprechen."

Nun zog er den Freund mit sich fort, durch lange, weitläufige Gänge des alten Schlosses. "Ich habe mich", rief er aus, "ganz hinten hingebettet. Ohne mich verbergen zu wollen, bin ich gern allein: denn man kann's den andern doch nicht recht machen."

Sie kamen an der Kanzlei vorbei, eben als ein Diener heraustrat und ein Urvater-Schreibzeug, schwarz, groß und vollständig, heraustrug; Papier war auch nicht vergessen.

"Ich weiß schon, was da wieder gekleckst werden soll", rief der

Junker; "geh hin und laß mir den Schlüssel. Tun Sie einen Blick

hinein, Lucidor! es unterhält Sie wohl, bis ich angezogen bin. Einem

Rechtsfreund ist ein solches Lokale nicht verhaßt wie einem Stallverwandten"; und so schob er Lucidorn in den Gerichtssaal.

Der Jüngling fühlte sich sogleich in einem bekannten, ansprechenden Elemente: die Erinnerung der Tage, wo er, aufs Geschäft erpicht, an solchem Tische saß, hörend und schreibend sich übte. Auch blieb ihm nicht verborgen, daß hier eine alte, stattliche Hauskapelle zum Dienste der Themis, bei veränderten Religionsbegriffen, verwandelt sei. In den Reposituren fand er Rubriken und Akten, ihm früher bekannt; er hatte selbst in diesen Angelegenheiten, von der Hauptstadt her, gearbeitet. Einen Faszikel aufschlagend, fiel ihm ein Reskript in die Hände, das er selbst mundiert, ein anderes, wovon er der Konzipient gewesen. Handschrift und Papier, Kanzleisiegel und des Vorsitzenden Unterschrift, alles rief ihm jene Zeit eines rechtlichen Strebens jugendlicher Hoffnung hervor. Und wenn er sich dann umsah und den Sessel des Oberamtmanns erblickte, ihm zugedacht und bestimmt, einen so schönen Platz, einen so würdigen Wirkungskreis, den er zu verschmähen, zu entbehren Gefahr lief, das alles bedrängte ihn doppelt und dreifach, indem die Gestalt Lucindens zu gleicher Zeit sich von ihm zu entfernen schien.

Er wollte das Freie suchen, fand sich aber gefangen. Der wunderliche Freund hatte, leichtsinnig oder schalkhaft, die Türe verschlossen hinter sich gelassen; doch blieb unser Freund nicht lange in dieser peinlichsten Beklemmung, denn der andere kam wieder, entschuldigte sich und erregte wirklich guten Humor durch seine seltsame Gegenwart. Eine gewisse Verwegenheit der Farben und des Schnitts seiner Kleidung war durch natürlichen Geschmack gedämpft; wie wir ja selbst tatouierten Indiern einen gewissen Beifall nicht versagen. "Heute", rief er aus, "soll uns die Langeweile vergangener Tage vergütet werden; gute Freunde, muntere Freunde sind angekommen, hübsche Mädchen, neckische, verliebte Wesen, und dann auch mein Vater, und Wunder über Wunder! Ihr Vater auch; das wird ein Fest werden, alles ist im Saale schon versammelt beim Frühstück."

Lucidorn war's auf einmal zumute, als wenn er in tiefe Nebel hineinsähe, alle die angemeldeten bekannten und unbekannten Gestalten erschienen ihm gespenstig; doch sein Charakter in Begleitung eines reinen Herzens hielt ihn aufrecht, in wenigen Sekunden fühlte er sich schon allem gewachsen. Nun folgte er dem eilenden Freunde mit sicherem Tritt, fest entschlossen, abzuwarten, es geschehe, was da wolle, sich zu erklären, es entstehe, was da wolle.

Und doch war er auf der Schwelle des Saals betroffen. In einem großen Halbkreis rings an den Fenstern umher entdeckte er sogleich seinen Vater neben dem Oberamtmann, beide stattlich angezogen. Die Schwestern, Antoni und sonst noch Bekannte und Unbekannte übersah er mit einem Blick, der ihm trübe werden wollte. Schwankend näherte er sich seinem Vater, der ihn höchst freundlich willkommen hieß, jedoch mit einer gewissen Förmlichkeit, die ein vertrauendes Annähern kaum begünstigte. Vor so vielen Personen stehend suchte er sich für den Augenblick einen schicklichen Platz; er hätte sich neben Lucinden stellen können, aber Julie, dem gespannten Anstand zuwider, machte eine Wendung, daß er zu ihr treten mußte; Antoni

129

blieb neben Lucinden.

In diesem bedeutenden Momente fühlte sich Lucidor
abermals als Beauftragten, und gestählt von seiner ganzen
Rechtswissenschaft, rief er sich jene schöne Maxime zu
seinen eignen Gunsten heran: "Wir sollen anvertraute
Geschäfte der Fremden wie unsere eigenen behandeln,
warum nicht die unsrigen in eben dem Sinne?"—In
Geschäftsvorträgen wohl geübt, durchlief er schnell, was er
zu sagen habe. Indessen schien die Gesellschaft, in einen
förmlichen Halbzirkel gebildet, ihn zu überflügeln. Den
Inhalt seines Vortrags kannte er wohl, den Anfang konnte
er nicht finden. Da bemerkte er, in einer Ecke aufgetischt,
das große Tintenfaß, Kanzleiverwandte dabei; der
Oberamtmann machte eine Bewegung, seine Rede
vorzubereiten; Lucidor wollte ihm zuvorkommen, und in
demselben Augenblicke drückte Julie ihm die Hand. Dies
brachte ihn aus aller Fassung, er überzeugte sich, daß alles
entschieden, alles für ihn verloren sei.

Nun war an gegenwärtigen sämtlichen
Lebensverhältnissen, diesen Familienverbindungen,
Gesellschafts—und Anstandsbezügen nichts mehr zu
schonen; er sah vor sich hin, entzog seine Hand Julien und
war so schnell zur Türe hinaus, daß die Versammlung ihn
unversehens vermißte und er sich selbst draußen nicht
wiederfinden konnte.

Scheu vor dem Tageslichte, das im höchsten Glanze über ihn
herabschien, die Blicke begegnender Menschen vermeidend,
aufsuchende fürchtend, schritt er vorwärts und gelangte zu
dem großen Gartensaal. Dort wollten ihm die Kniee
versagen, er stürzte hinein und warf sich trostlos auf den
Sofa unter dem Spiegel: mitten in der sittlich-bürgerlichen
Gesellschaft in solcher Verworrenheit befangen, die sich

wogenhaft um ihn, in ihm hin und her schlug. Sein vergangenes Dasein kämpfte mit dem gegenwärtigen, es war ein greulicher Augenblick.

Und so lag er eine Zeit, mit dem Gesichte in das Kissen versenkt, auf welchem gestern Lucindens Arm geruht hatte. Ganz in seinen Schmerz versunken, fuhr er, sich berührt fühlend, schnell in die Höhe, ohne die Annäherung irgendeiner Person gespürt zu haben: da erblickt' er Lucinden, die ihm nahe stand,

Vermutend, man habe sie gesendet, ihn abzuholen, ihr aufgetragen, ihn mit schicklichen, schwesterlichen Worten in die Gesellschaft, seinem widerlichen Schicksal entgegen zu führen, rief er aus: "Sie hätte man nicht senden müssen, Lucinde, denn Sie sind es, die mich von dort vertrieb; ich kehre nicht zurück! Geben Sie mir, wenn Sie irgendeines Mitleids fähig sind, schaffen Sie mir Gelegenheit und Mittel zur Flucht. Denn, damit Sie von mir zeugen können, wie unmöglich es sei, mich zurückzubringen, so nehmen Sie den Schlüssel zu meinem Betragen, das Ihnen und allen wahnsinnig vorkommen muß. Hören Sie den Schwur, den ich mir im Innern getan und den ich unauflöslich laut wiederhole: Nur mit Ihnen wollt' ich leben, meine Jugend nutzen, genießen, und so das Alter im treuen, redlichen Ablauf. Dies aber sei so fest und sicher als irgend etwas, was vor dem Altar je geschworen worden, was ich jetzt schwöre, indem ich Sie verlasse, der bedauernswürdigste aller Menschen."

Er machte eine Bewegung zu entschlüpfen, ihr, die so gedrängt vor ihm stand; aber sie faßte ihn sanft in ihren Arm. — "Was machen Sie!" rief er aus. "Lucidor!" rief sie, "nicht zu bedauern, wie Sie wohl wähnen, Sie sind mein, ich die Ihre; ich halte Sie in meinen Armen, zaudern Sie nicht, die Ihrigen um mich zu schlagen. Ihr Vater ist alles

131

zufrieden; Antoni heiratet meine Schwester." Erstaunt zog
er sich von ihr zurück. "Das wäre wahr?" Lucinde lächelte
und nickte, er entzog sich ihren Armen. "Lassen Sie mich
noch einmal in der Ferne sehen, was so nah, so nächst mir
angehören soll." Er faßte ihre Hände, Blick in Blick!
"Lucinde, sind Sie mein?"—Sie versetzte: "Nun ja doch", die
süßesten Tränen in dem treusten Auge; er umschlang sie
und warf sein Haupt hinter das ihre, hing wie am Uferfelsen
ein Schiffbrüchiger; der Boden bebte noch unter ihm. Nun
aber sein entzückter Blick, sich wieder öffnend, fiel in den
Spiegel. Da sah er sie in seinen Armen, sich von den ihren
umschlungen; er blickte wieder und wieder hin. Solche
Gefühle begleiten den Menschen durchs ganze Leben.
Zugleich sah er auch auf der Spiegelfläche die Landschaft,
die ihm gestern so greulich und ahnungsvoll erschienen
war, glänzender und herrlicher als je; und sich in solcher
Stellung, auf solchem Hintergrunde! Genugsame Vergeltung
aller Leiden.


"Wir sind nicht allein", sagte Lucinde, und kaum hatte er
sich von seinem Entzücken erholt, so erschienen geputzt
und bekränzt Mädchen und Knaben, Kränze tragend, den
Ausgang versperrend. "Das sollte alles anders werden", rief
Lucinde; "wie artig war es eingerichtet, und nun geht's
tumultuarisch durcheinander!" Ein munterer Marsch tönte
von weitem, und man sah die Gesellschaft den breiten Weg
her feierlich heiter heranziehen. Er zauderte
entgegenzusehen und schien seiner Schritte nur an ihrem
Arm gewiß; sie blieb neben ihm, die feierliche Szene des

Wiedersehens, des Danks für eine schon vollendete Vergebung von Augenblick zu Augenblick erwartend.

Anders war's jedoch von den launischen Göttern beschlossen; eines Posthorns lustig schmetternder Ton, von der Gegenseite, schien den ganzen Aufstand in Verwirrung zu setzen. "Wer mag kommen?" rief Lucinde. Lucidorn schauderte vor einer fremden Gegenwart, und auch der Wagen schien ganz fremd. Eine zweisitzige, neue, ganz neuste Reisechaise! Sie fuhr an den Saal an. Ein ausgezeichneter, anständiger Knabe sprang hinten herunter, öffnete den Schlag, aber niemand stieg heraus; die Chaise war leer, der Knabe stieg hinein, mit einigen geschickten Handgriffen warf er die Spriegel zurück, und so war in einem Nu das niedlichste Gebäude zur lustigsten Spazierfahrt vor den Augen aller Anwesenden bereitet, die indessen herankamen. Antoni, den übrigen voreilend, führte Julien zu dem Wagen. "Versuchen Sie", sprach er, "ob Ihnen dies Fuhrwerk gefallen kann, um darin mit mir auf den besten Wegen durch die Welt zu rollen; ich werde Sie keinen andern führen, und wo es irgend not tut, wollen wir uns zu helfen wissen. über das Gebirg sollen uns Saumrosse tragen, und den Wagen dazu."

"Sie sind allerliebst!" rief Julie. Der Knabe trat heran und zeigte mit Taschenspielergewandtheit alle Bequemlichkeiten, kleine Vorteile und Behendigkeiten des ganzen leichten Baues.

"Auf der Erde weiß ich keinen Dank", rief Julie, "nur auf diesem kleinen, beweglichen Himmel, aus dieser Wolke, in die Sie mich erheben, will ich Ihnen herzlich danken." Sie war schon eingesprungen, ihm Blick und Kußhand freundlich zuwerfend. "Gegenwärtig dürfen Sie noch nicht zu mir herein, da ist aber ein anderer, den ich auf dieser Probefahrt mitzunehmen gedenke, er hat auch noch eine

Probe zu bestehen." Sie rief nach Lucidor, der, eben mit Vater und Schwiegervater in stummer Unterhaltung begriffen, sich gern in das leichte Fuhrwerk nötigen ließ, da er ein unausweichlich Bedürfnis fühlte, nur einen Augenblick auf irgendeine Weise sich zu zerstreuen. Er saß neben ihr, sie rief dem Postillon zu, wie er fahren solle. Flugs entfernten sie sich, in Staub gehüllt, aus den Augen der verwundert Nachschauenden.

Julie setzte sich recht fest und bequem ins Eckchen. —

"Rücken Sie nun auch dorthin, Herr Schwager, daß wir uns recht bequem in die Augen sehen."

Lucidor. Sie empfinden meine Verwirrung, meine Verlegenheit; ich bin noch immer wie im Traume, helfen Sie mir heraus.

Julie. Sehen Sie die hübschen Bauersleute, wie sie freundlich grüßen! Bei Ihrem Hiersein sind Sie ja nicht ins obere Dorf gekommen. Alles wohlhabende Leute, die mir alle gewogen sind. Es ist niemand zu reich, dem man nicht einmal wohlwollend einen bedeutenden Dienst erweisen könne. Diesen Weg, den wir so bequem fahren, hat mein Vater angelegt und auch dieses Gute gestiftet.

Lucidor. Ich glaub' es gern und geb' es zu; aber was sollen die
Äußerlichkeiten gegen die Verworrenheit meines Innern!

Julie. Nur Geduld, ich will Ihnen die Reiche der Welt und ihre Herrlichkeit zeigen. Nun sind wir oben! Wie klar das ebene Land gegen das Gebirg hinliegt! Alle diese Dörfer verdanken meinem Vater gar viel, und Mutter und Töchtern wohl auch. Die Flur jenes Städtchens dort hinten macht erst die Grenze.

Lucidor. Ich finde Sie in einer wunderlichen Stimmung; Sie scheinen nicht recht zu sagen, was Sie sagen wollten.

Julie. Nun sehen Sie hier links hinunter, wie schön sich das alles entwickelt! Die Kirche mit ihren hohen Linden, das Amthaus mit seinen Pappeln hinter dem Dorfhügel her. Auch die Gärten liegen vor uns und der Park.

Der Postillon fuhr schärfer.

Julie. Jenen Saal dort droben kennen Sie; er sieht sich von hier aus ebenso gut an wie die Gegend von dort her. Hier am Baume wird gehalten; nun gerade hier spiegeln wir uns oben in der großen Glasfläche, man sieht uns dort recht gut, wir aber können uns nicht erkennen.—Fahre zu! Dort haben sich vor kurzem wahrscheinlich ein Paar Leute näher bespiegelt und, ich müßte mich sehr irren, mit großer wechselseitiger Zufriedenheit.

Lucidor, verdrießlich, erwiderte nichts; sie fuhren eine Zeitlang stillschweigend vor sich hin, es ging sehr schnell. "Hier", sagte Julie, "fängt der schlechte Weg an, um den mögen Sie sich einmal verdient machen. Eh es hinabgeht, schauen Sie noch hinüber, die Buche meiner Mutter ragt mit ihrem herrlichen Gipfel über alles hervor. Du fährst", fuhr sie zum Kutschenden fort, "den schlechten Weg hin, wir nehmen den Fußpfad durchs Tal und sind eher drüben wie du." Im Aussteigen rief sie aus: "Das gestehen Sie doch, der ewige Jude, der unruhige Anton Reiser, weiß noch seine Wallfahrten bequem genug einzurichten, für sich und seine Genossen: es ist ein sehr schöner, bequemer Wagen."

Und so war sie auch schon den Hügel drunten; Lucidor folgte sinnend und fand sie auf einer wohlgelegenen Bank sitzend, es war Lucindens Plätzchen. Sie lud ihn zu sich.

Julie. Nun sitzen wir hier und gehen einander nichts an, das hat denn doch so sein sollen. Das kleine Quecksilber wollte Ihnen gar nicht anstehen. Nicht lieben konnten Sie ein solches Wesen, verhaßt war es Ihnen.

Lucidors Verwunderung nahm zu.

Julie. Aber freilich Lucinde! Sie ist der Inbegriff aller Vollkommenheiten, und die niedliche Schwester war ein für allemal ausgestochen. Ich seh' es, auf Ihren Lippen schwebt die Frage, wer uns so genau unterrichtet hat?

Lucidor. Es steckt ein Verrat dahinter! —

Julie. Jawohl! ein Verräter ist im Spiele.

Lucidor. Nennen Sie ihn.

Julie. Der ist bald entlarvt. Sie selbst! — Sie haben die löbliche oder unlöbliche Gewohnheit, mit sich selbst zu reden, und da will ich denn in unser aller Namen bekennen, daß wir Sie wechselsweise behorcht haben.

Lucidor (aufspringend). Eine saubere Gastfreundschaft, auf diese
Weise den Fremden eine Falle zu stellen!

Julie. Keineswegs; wir dachten nicht daran, Sie zu belauschen, so wenig als irgendeinen andern. Sie wissen, Ihr Bett steht in einem Verschlag der Wand, von der Gegenseite geht ein anderer herein, der gewöhnlich nur zu häuslicher Niederlage dient. Da hatten wir einige Tage vorher unsern Alten genötigt zu schlafen, weil wir für ihn in seiner abgelegenen Einsiedelei viele Sorge trugen; nun fuhren Sie gleich den ersten Abend mit einem solchen leidenschaftlichen Monolog ins Zeug, dessen Inhalt er uns den andern Morgen angelegentlichst entdeckte.

Lucidor hatte nicht Lust, sie zu unterbrechen. Er entfernte sich.

Julie (aufgestanden ihm folgend). Wie war uns mit dieser Erklärung gedient! Denn ich gestehe gern: wenn Sie mir auch nicht gerade zuwider waren, so blieb doch der Zustand, der mich erwartete, mir keineswegs wünschenswert. Frau Oberamtmännin zu sein, welche schreckliche Lage! Einen tüchtigen, braven Mann zu haben, der den Leuten Recht sprechen soll und vor lauter Recht nicht zur Gerechtigkeit kommen kann! der es weder nach oben noch unten recht macht und, was das Schlimmste ist, sich selbst nicht. Ich weiß, was meine Mutter ausgestanden hat von der Unbestechlichkeit, Unerschütterlichkeit meines Vaters. Endlich, leider nach ihrem Tod, ging ihm eine gewisse Mildigkeit auf, er schien sich in die Welt zu finden, an ihr sich auszugleichen, die er sich bisher vergeblich bekämpft hatte.

Lucidor (höchst unzufrieden über den Vorfall, ärgerlich über die leichtsinnige Behandlung, stand still). Für den Scherz eines Abends mochte das hingehen, aber eine solche beschämende Mystifikation Tage und Nächte lang gegen einen unbefangenen Gast zu verüben, ist nicht verzeihlich.

Julie. Wir alle haben uns in die Schuld geteilt, wir haben Sie alle behorcht; ich aber allein büße die Schuld des Horchens.

Lucidor. Alle! desto unverzeihlicher! Und wie konnten Sie mich den Tag über ohne Beschämung ansehen, den Sie des Nachts schmählich-unerlaubt überlisteten? Doch ich sehe jetzt ganz deutlich mit einem Blick, daß Ihre Tagesanstalten nur darauf berechnet waren, mich zum besten zu haben. Eine löbliche Familie! und wo bleibt die Gerechtigkeitsliebe Ihres Vaters?—Und Lucinde!

Julie. Und Lucinde! Was war das für ein Ton! Nicht wahr, Sie wollten sagen: wie tief es Sie schmerzt, von Lucinden übel zu denken, Lucinden mit uns allen in eine Klasse zu werfen?

Lucidor. Lucinden begreif' ich nicht.

Julie. Sie wollen sagen: diese reine, edle Seele, dieses ruhig gefaßte Wesen, die Güte, das Wohlwollen selbst, diese Frau, wie sie sein sollte, verbindet sich mit einer leichtsinnigen Gesellschaft, mit einer überhinfahrenden Schwester, einem verzogenen Jungen und gewissen geheimnisvollen Personen! das ist unbegreiflich.

Lucidor. Jawohl ist das unbegreiflich.

Julie. So begreifen Sie es denn! Lucinden wie uns allen waren die Hände gebunden. Hätten Sie die Verlegenheit bemerken können, wie sie sich kaum zurückhielt, Ihnen alles zu offenbaren, Sie würden sie doppelt und dreifach lieben, wenn nicht jede wahre Liebe an und für sich zehn — und hundertfach wäre; auch versichere ich Sie, uns allen ist der Spaß am Ende zu lang geworden.

Lucidor. Warum endigten Sie ihn nicht?

Julie. Das ist nun auch aufzuklären. Nachdem Ihr erster Monolog dem Vater bekannt geworden und er gar bald bemerken konnte, daß alle seine Kinder nichts gegen einen solchen Tausch einzuwenden hätten, so entschloß er sich, alsobald zu Ihrem Vater zu reisen. Die Wichtigkeit des Geschäfts war ihm bedenklich. Ein Vater allein fühlt den Respekt, den man einem Vater schuldig ist. "Er muß es zuerst wissen", sagte der meine, "um nicht etwan hintendrein, wenn wir einig sind, eine ärgerlich-erzwungene Zustimmung zu geben. Ich kenne ihn genau, ich weiß, wie er einen Gedanken, eine Neigung, einen Vorsatz festhält, und es ist mir bange genug. Er hat sich Julien, seine Karten und Prospekte so zusammen gedacht, daß er sich schon vornahm, das alles zuletzt hierher zu stiften, wenn der Tag käme, wo das junge Paar sich hier niederließe und Ort und Stelle so leicht nicht verändern könnte: da wollt' er alle Ferien uns zuwenden, und was er für Liebes und Gutes im Sinne hatte. Er muß zuerst erfahren, was die Natur uns für einen Streich gespielt, da noch nichts eigentlich erklärt, noch nichts entschieden ist." Hierauf nahm er uns allen den feierlichsten Handschlag ab, daß wie Sie beobachten und, es geschehe, was da wolle, Sie hinhalten sollten. Wie sich die Rückreise verzögert, wie es Kunst, Mühe und Beharrlichkeit gekostet, Ihres Vaters Einwilligung zu erlangen, das mögen Sie von ihm selbst hören. Genug, die Sache ist abgetan, Lucinde ist Ihnen gegönnt.—

Und so waren beide, vom ersten Sitze lebhaft sich entfernend, unterwegs anhaltend, immer fortsprechend und langsam weitergehend, über die Wiesen hin auf die Erhöhung gekommen an einen andern wohlgebahnten Kunstweg. Der Wagen fuhr schnell heran; Augenblicks machte sie ihren Nachbar aufmerksam auf ein seltsames Schauspiel. Die ganze Maschinerie, worauf sich der Bruder so viel zugute tat, war belebt und bewegt; schon führten die Räder eine Menschenzahl auf und nieder, schon wogten die Schaukeln, Mastbäume wurden erklettert, und was man nicht alles für kühnen Schwung und Sprung über den Häuptern einer unzählbaren Menge gewagt sah! Alles das hatte der Junker in Bewegung gesetzt, damit nach Tafel die Gäste fröhlich unterhalten würden. "Du fährst noch durchs untere Dorf", rief Julie, "die Leute wollen mir wohl, und sie sollen sehen, wie wohl es mir geht."

Das Dorf war öde, die Jüngern sämtlich hatten schon den

139

Lustplatz ereilt, alte Männer und Frauen zeigten sich, durch das Posthorn erregt, an Tür und Fenstern, alles grüßte, segnete, rief: "O das schöne Paar!"

Julie. Nun, da haben Sie's! Wir hätten am Ende doch wohl zusammengepaßt; es kann Sie noch reuen.

Lucidor. Jetzt aber, liebe Schwägerin! —

Julie. Nicht wahr, jetzt "lieb", da Sie mich los sind.

Lucidor. Nur ein Wort! Auf Ihnen lastet eine schwere Verantwortlichkeit; was sollte der Händedruck, da Sie meine überschreckliche Stellung kannten und fühlen mußten? So gründlich
Boshaftes ist mir in der Welt noch nichts vorgekommen.

Julie. Danken Sie Gott, nun wär's abgebüßt, alles ist verziehen. Ich wollte Sie nicht, das ist wahr, aber daß Sie mich ganz und gar nicht wollten, das verzeiht kein Mädchen, und dieser Händedruck war, merken Sie sich's! für den Schalk. Ich gestehe, es war schalkischer als billig, und ich verzeihe mir nur, indem ich Ihnen vergebe, und so sei denn alles vergeben und vergessen! Hier meine Hand.

Er schlug ein, sie rief: "Da sind wir schon wieder! in unserm Park schon wieder, und so geht's bald um die weite Welt und auch wohl zurück; wir treffen uns wieder."

Sie waren vor dem Gartensaal schon angelangt, er schien leer; die Gesellschaft hatte sich, im Unbehagen, die Tafelzeit überlang verschoben zu sehen, zum Spazieren bewegt. Antoni aber und Lucinde traten hervor. Julie warf sich aus dem Wagen ihrem Freund entgegen, sie dankte in einer herzlichen Umarmung und enthielt sich nicht der freudigsten Tränen. Des edlen Mannes Wange rötete sich, seine Züge traten entfaltet hervor, sein Auge blickte feucht, und ein schöner, bedeutender Jüngling erschien aus der Hülle.

Und so zogen beide Paare zur Gesellschaft, mit Gefühlen, die der schönste Traum nicht zu geben vermochte.

Zehntes Kapitel

Vater und Sohn waren, von einem Reitknecht begleitet, durch eine angenehme Gegend gekommen, als dieser, im Angesicht einer hohen Mauer, die einen weiten Bezirk zu umschließen schien, stillehaltend, bedeutete, sie möchten nun zu Fuße sich dem großen Tore nähern, weil kein Pferd in diesen Kreis eingelassen würde. Sie zogen die Glocke, das Tor eröffnete sich, ohne daß eine Menschengestalt sichtbar geworden wäre, und sie gingen auf ein altes Gebäude los, das zwischen uralten Stämmen von Buchen und Eichen ihnen entgegenschimmerte. Wunderbar war es anzusehen, denn so alt es der Form nach schien, so war es doch, als wenn Maurer und Steinmetzen soeben erst abgegangen wären, dergestalt neu, vollständig und nett erschienen die Fugen wie die ausgearbeiteten Verzierungen.

Der metallne, schwere Ring an einer wohlgeschnitzten Pforte lud sie ein zu klopfen, welches Felix mutwillig etwas unsanft verrichtete; auch diese Tür sprang auf, und sie fanden zunächst auf der Hausflur ein Frauenzimmer sitzen von mittlerem Alter, am Stickrahmen mit einer wohlgezeichneten Arbeit beschäftigt. Diese begrüßte sogleich die Ankommenden als schon gemeldet und begann

141

ein heiteres Lied zu singen, worauf sogleich aus einer benachbarten Türe ein Frauenzimmer heraustrat, das man für die Beschließerin und tätige Haushälterin, nach den Anhängseln ihres Gürtels, ohne weiteres zu erkennen hatte. Auch diese freundlich grüßend führte die Fremden eine Treppe hinauf und eröffnete ihnen einen Saal, der sie ernsthaft ansprach, weit, hoch, ringsum getäfelt, oben drüber eine Reihenfolge historischer Schilderungen. Zwei Personen traten ihnen entgegen, ein jüngeres Frauenzimmer und ein ältlicher Mann.

Jene hieß den Gast sogleich freimütig willkommen. "Sie sind", sagte sie, "als einer der Unsern angemeldet. Wie soll ich Ihnen aber kurz und gut den Gegenwärtigen vorstellen? Er ist unser Hausfreund im schönsten und weitesten Sinne, bei Tage der belehrende Gesellschafter, bei Nacht Astronom, und Arzt zu jeder Stunde."

"Und ich", versetzte dieser freundlich, "empfehle Ihnen dieses Frauenzimmer als die bei Tage unermüdete Geschäftige, bei Nacht,
wenn's not tut, gleich bei der Hand, und immerfort die heiterste
Lebensbegleiterin."

Angela, so nannte man die durch Gestalt und Betragen einnehmende Schöne, verkündigte sodann die Ankunft Makariens; ein grüner Vorhang zog sich auf, und eine Ältliche, wunderwürdige Dame ward auf einem Lehnsessel von zwei jungen, hübschen Mädchen hereingeschoben, wie von zwei andern ein runder Tisch mit erwünschtem Frühstück. In einem Winkel der ringsumher gehenden massiven eichenen Bänke waren Kissen gelegt, darauf setzten sich die obigen dreie, Makarie in ihrem Sessel gegen ihnen über. Felix verzehrte sein Frühstück stehend, im Saal umherwandelnd und die ritterlichen Bilder über dem Getäfel neugierig betrachtend.

Makarie sprach zu Wilhelm als einem Vertrauten, sie schien sich in geistreicher Schilderung ihrer Verwandten zu erfreuen; es war, als wenn sie die innere Natur eines jeden durch die ihn umgebende individuelle Maske durchschaute. Die Personen, welche Wilhelm kannte, standen wie verklärt vor seiner Seele, das einsichtige Wohlwollen der unschätzbaren Frau hatte die Schale losgelöst und den gesunden Kern veredelt und belebt.

Nachdem nun diese angenehmen Gegenstände durch die freundlichste
Behandlung erschöpft waren, sprach sie zu dem würdigen Gesellschafter:
"Sie werden von der Gegenwart dieses neuen Freundes nicht wiederum
Anlaß zu einer Entschuldigung finden und die versprochene
Unterhaltung abermals verspäten; er scheint von der Art, wohl auch
daran teilzunehmen."

Jener aber versetzte darauf: "Sie wissen, welche Schwierigkeit es ist, sich über diese Gegenstände zu erklären, denn es ist von nichts wenigerem als von dem Mißbrauch fürtrefflicher und weit auslangender Mittel die Rede."

"Ich geb' es zu", versetzte Makarie, "denn man kommt in doppelte Verlegenheit. Spricht man von Mißbrauch, so scheint man die Würde des Mittels selbst anzutasten, denn es liegt ja immer noch in dem Mißbrauch verborgen; spricht man von Mittel, so kann man kaum zugeben, daß seine Gründlichkeit und Würde irgendeinen Mißbrauch zulasse. Indessen, da wir unter uns sind, nichts festsetzen, nichts nach außen wirken, sondern nur uns aufklären wollen, so kann das Gespräch immer vorwärtsgehen."

"Doch müßten wir", versetzte der bedächtige Mann, "vorher anfragen, ob unser neuer Freund auch Lust habe, an einer gewissermaßen abstrusen Materie teilzunehmen, und ob er nicht vorzöge, in seinem Zimmer einer nötigen Ruhe zu pflegen. Sollte wohl unsere Angelegenheit, außer dem Zusammenhange, ohne Kenntnis, wie wir darauf gelangt, von ihm gern und günstig aufgenommen werden?"

"Wenn ich das, was Sie gesagt haben, mir durch etwas Analoges erklären möchte, so scheint es ungefähr der Fall zu sein, wenn man die Heuchelei angreift und eines Angriffs auf die Religion beschuldigt werden kann."

"Wir können die Analogie gelten lassen", versetzte der Hausfreund, "denn es ist auch hier von einem Komplex mehrerer bedeutender Menschen, von einer hohen Wissenschaft, von einer wichtigen Kunst und, daß ich kurz sei, von der Mathematik die Rede."

"Ich habe", versetzte Wilhelm, "wenn ich auch über die fremdesten Gegenstände sprechen hörte, mir immer etwas daraus nehmen können: denn alles, was den einen Menschen interessiert, wird auch in dem andern einen Anklang finden."

"Vorausgesetzt", sagte jener, "daß er sich eine gewisse Freiheit des Geistes erworben habe; und da wir Ihnen dies zutrauen, so will ich von meiner Seite wenigstens Ihrem Verharren nichts entgegenstellen."

"Was aber fangen wir mit Felix an?" fragte Makarie, "welcher, wie ich sehe, mit der Betrachtung jener Bilder schon fertig ist und einige Ungeduld merken läßt."

"Vergönnt mir, diesem Frauenzimmer etwas ins Ohr zu sagen", versetzte Felix, raunte Angela etwas stille zu, die sich mit ihm entfernte, bald aber lächelnd zurückkam, da denn der Hausfreund folgendermaßen zu reden anfing.

"In solchen Fällen, wo man irgend eine Mißbilligung, einen Tadel, auch nur ein Bedenken aussprechen soll, nehme ich nicht gern die Initiative; ich suche mir eine Autorität, bei welcher ich mich beruhigen kann, indem ich finde, daß mir ein anderer zur Seite steht. Loben tu' ich ohne Bedenken, denn warum soll ich verschweigen, wenn mir etwas zusagt? sollte es auch meine Beschränktheit ausdrücken, so hab' ich mich deren nicht zu schämen; tadle ich aber, so kann mir begegnen, daß ich etwas Fürtreffliches abweise, und dadurch zieh' ich mir die Mißbilligung anderer zu, die es besser verstehen; ich muß mich zurücknehmen, wenn ich aufgeklärt werde. Deswegen bring' ich hier einiges Geschriebene, sogar übersetzungen mit: denn ich traue in solchen Dingen meiner Nation so wenig als mir selbst; eine Zustimmung aus der Ferne und Fremde scheint mir mehr Sicherheit zu geben." Er fing nunmehr nach erhaltener Erlaubnis folgendermaßen zu lesen an.—

Wenn wir aber uns bewogen finden, diesen werten Mann nicht lesen zu lassen, so werden es unsere Gönner wahrscheinlich geneigt aufnehmen, denn was oben gegen das Verweilen Wilhelms bei dieser Unterhaltung gesagt worden, gilt noch mehr in dem Falle, in welchem wir uns befinden. Unsere Freunde haben einen Roman in die Hand genommen, und wenn dieser hie und da schon mehr als billig didaktisch geworden, so finden wir doch geraten, die Geduld unserer Wohlwollenden nicht noch weiter auf die Probe zu stellen. Die Papiere, die uns vorliegen, gedenken wir an einem andern Orte abdrucken zu lassen und fahren diesmal im Geschichtlichen ohne weiteres fort, da wir selbst ungeduldig sind, als obwaltende Rätsel endlich aufgeklärt zu sehen.

Enthalten können wir uns aber doch nicht, ferner einiges zu erwähnen, was noch vor dem abendlichen Scheiden dieser edlen Gesellschaft zur Sprache kam. Wilhelm, nachdem er jener Vorlesung aufmerksam zugehört, äußerte ganz unbewunden: "Hier vernehme ich von großen Naturgaben, Fähigkeiten und Fertigkeiten, und doch zuletzt, bei ihrer Anwendung, manches Bedenken. Sollte ich mich darüber ins Kurze fassen, so würde ich ausrufen: "Große Gedanken und ein reines Herz, das ist's, was wir uns von Gott erbitten sollten!""

Diesen verständigen Worten Beifall gebend, löste die Versammlung sich auf, der Astronom aber versprach, Wilhelm in dieser herrlichen, klaren Nacht an den Wundern des gestirnten Himmels vollkommen teilnehmen zu lassen.

Nach einigen Stunden ließ der Astronom seinen Gast die Treppen zur Sternwarte sich hinaufwinden und zuletzt allein auf die völlig freie Fläche eines runden, hohen Turmes heraustreten. Die heiterste Nacht, von allen Sternen leuchtend und funkelnd, umgab den Schauenden, welcher zum erstenmale das hohe Himmelsgewölbe in seiner ganzen Herrlichkeit zu erblicken glaubte. Denn im gemeinen Leben, abgerechnet die ungünstige Witterung, die uns so oft den Glanzraum des Äthers verbirgt, hindern uns zu Hause bald Dächer und Giebel, auswärts bald Wälder und Felsen, am meisten aber überall die inneren Beunruhigungen des Gemüts, die, uns alle Umwelt mehr als Nebel und Mißwetter zu verdüstern, sich hin und her bewegen.

Ergriffen und erstaunt hielt er sich beide Augen zu. Das Ungeheure hört auf, erhaben zu sein, es überreicht unsre Fassungskraft, es droht, uns zu vernichten. "Was bin ich denn gegen das All?" sprach er zu seinem Geiste; "wie kann ich ihm gegenüber, wie kann ich in seiner Mitte stehen?" Nach einem kurzen überdenken jedoch fuhr er fort: "Das Resultat unsres heutigen Abends löst ja auch das Rätsel des gegenwärtigen Augenblicks. Wie kann sich der Mensch gegen das Unendliche stellen, als wenn er alle geistigen Kräfte, die nach vielen Seiten hingezogen werden, in seinem Innersten, Tiefsten versammelt, wenn er sich fragt: "Darfst du dich in der Mitte dieser ewig lebendigen Ordnung auch nur denken, sobald sich nicht gleichfalls in dir ein beharrlich Bewegtes, um einen reinen Mittelpunkt kreisend, hervortut? Und selbst wenn es dir schwer würde, diesen Mittelpunkt in deinem Busen aufzufinden, so würdest du ihn daran erkennen, daß eine wohlwollende, wohltätige Wirkung von ihm ausgeht und von ihm Zeugnis gibt."

Wer soll, wer kann aber auf sein vergangenes Leben zurückblicken, ohne gewissermaßen irre zu werden, da er meistens finden wird, daß sein Wollen richtig, sein Tun falsch, sein Begehren tadelhaft und sein Erlangen dennoch erwünscht gewesen?

Wie oft hast du diese Gestirne leuchten gesehen, und haben sie dich nicht jederzeit anders gefunden? sie aber sind immer dieselbigen und sagen immer dasselbige: "Wir bezeichnen", wiederholten sie, "durch unsern gesetzmäßigen Gang Tag und Stunde; frage dich auch, wie verhältst du dich zu Tag und Stunde?"—Und so kann ich denn diesmal antworten: "Des gegenwärtigen Verhältnisses hab' ich mich nicht zu schämen, meine Absicht ist, einen edlen Familienkreis in allen seinen Gliedern erwünscht verbunden herzustellen; der Weg ist bezeichnet. Ich soll erforschen, was edle Seelen auseinanderhält, soll Hindernisse wegräumen, von welcher Art sie auch seien." Dies darfst du vor diesen himmlischen Heerscharen bekennen; achteten sie deiner, sie würden zwar über deine Beschränktheit lächeln, aber sie ehrten gewiß deinen Vorsatz und begünstigten dessen Erfüllung."

Bei diesen Worten oder Gedanken wendete er sich, umherzusehen, da fiel ihm Jupiter in die Augen, das Glücksgestirn, so herrlich leuchtend als je; er nahm das Omen als günstig auf und verharrte freudig in diesem Anschauen eine Zeitlang.

Hierauf sogleich berief ihn der Astronom herabzukommen und ließ ihn eben dieses Gestirn durch ein vollkommenes Fernrohr in bedeutender Größe, begleitet von seinen Monden, als ein himmlisches Wunder anschauen.

Als unser Freund lange darin versunken geblieben, wendete er sich um und sprach zu dem Sternfreunde: "Ich weiß nicht, ob ich ihnen danken soll, daß Sie mir dieses Gestirn so über alles Maß näher gerückt. Als ich es vorhin sah, stand es im Verhältnis zu dem übrigen Unzähligen des Himmels und zu mir selbst; jetzt aber tritt es in meiner Einbildungskraft unverhältnismäßig hervor, und ich weiß nicht, ob ich die übrigen Scharen gleicherweise heranzuführen wünschen sollte. Sie werden mich einengen, mich beängstigen."

So erging sich unser Freund nach seiner Gewohnheit weiter, und es kam bei dieser Gelegenheit manches Unerwartete zur Sprache. Auf einiges Erwidern des Kunstverständigen versetzte Wilhelm: "Ich begreife recht gut, daß es euch Himmelskundigen die größte Freude gewähren muß, das ungeheure Weltall nach und nach so heranzuziehen, wie ich hier den Planeten sah und sehe. Aber erlauben Sie mir, es auszusprechen: ich habe im Leben überhaupt und im Durchschnitt gefunden, daß diese Mittel, wodurch wir unsern Sinnen zu Hülfe kommen, keine sittlich günstige Wirkung auf den Menschen ausüben. Wer durch Brillen sieht, hält sich für klüger, als er ist, denn sein äußerer Sinn wird dadurch mit seiner innern Urteilsfähigkeit außer Gleichgewicht gesetzt; es gehört eine höhere Kultur dazu, deren nur vorzügliche Menschen fähig sind, ihr Inneres, Wahres mit diesem von außen herangerückten Falschen einigermaßen auszugleichen. Sooft ich durch eine Brille sehe, bin ich ein anderer Mensch und gefalle mir selbst nicht; ich sehe mehr, als ich sehen sollte, die schärfer gesehene Welt harmoniert nicht mit meinem Innern, und ich lege die Gläser geschwind wieder weg, wenn meine Neugierde, wie dieses oder jenes in der Ferne beschaffen sein möchte, befriedigt ist."

Auf einige scherzhafte Bemerkungen des Astronomen fuhr Wilhelm fort: "Wir werden diese Gläser so wenig als irgendein Maschinenwesen aus der Welt bannen, aber dem Sittenbeobachter ist es wichtig, zu erforschen und zu wissen, woher sich manches in die Menschheit eingeschlichen hat, worüber man sich beklagt. So bin ich z. B. überzeugt, daß die Gewohnheit, Annäherungsbrillen zu tragen, an dem Dünkel unserer jungen Leute hauptsächlich schuld hat."

Unter diesen Gesprächen war die Nacht weit vorgerückt, worauf der im Wachen bewährte Mann seinem jungen Freunde den Vorschlag tat, sich auf dem Feldbette niederzulegen und einige Zeit zu schlafen, um alsdann mit frischerem Blick die dem Aufgang der Sonne voreilende Venus, welche eben heute in ihrem vollendeten Glanze zu erscheinen verspräche, zu schauen und zu begrüßen.

Wilhelm, der sich bis auf den Augenblick recht straff und munter erhalten hatte, fühlte auf diese Anmutung des wohlwollenden, vorsorglichen Mannes sich wirklich erschöpft, er legte sich nieder und war augenblicklich in den tiefsten Schlaf gesunken.

Geweckt von dem Sternkundigen sprang Wilhelm auf und eilte zum Fenster: dort staunte, starrte er einen Augenblick, dann rief er enthusiastisch: "Welche Herrlichkeit! welch ein Wunder!" Andere Worte des Entzückens folgten, aber ihm blieb der Anblick immer ein Wunder, ein großes Wunder.

"Daß Ihnen dieses liebenswürdige Gestirn, das heute in Fülle und Herrlichkeit wie selten erscheint, überraschend entgegentreten würde, konnt' ich voraussehen, aber das darf ich wohl aussprechen, ohne kalt gescholten zu werden: kein Wunder seh' ich, durchaus kein Wunder!"

"Wie könnten Sie auch?" versetzte Wilhelm, "da ich es mitbringe, da ich es in mir trage, da ich nicht weiß, wie mir geschieht. Lassen Sie mich noch immer stumm und staunend hinblicken, sodann vernehmen Sie!" Nach einer Pause fuhr er fort: "Ich lag sanft, aber tief eingeschlafen, da fand ich mich in den gestrigen Saal versetzt, aber allein. Der grüne Vorhang ging auf, Makariens Sessel bewegte sich hervor, von selbst wie ein belebtes Wesen; er glänzte golden, ihre Kleider schienen priesterlich, ihr Anblick leuchtete sanft; ich war im Begriff, mich niederzuwerfen. Wolken entwickelten sich um ihre Füße, steigend hoben sie flügelartig die heilige Gestalt empor, an der Stelle ihres herrlichen Angesichtes sah ich zuletzt, zwischen sich teilendem Gewölk, einen Stern blinken, der immer aufwärts getragen wurde und durch das eröffnete Deckengewölbe sich mit dem ganzen Sternhimmel vereinigte, der sich immer zu verbreiten und alles zu umschließen schien. In dem Augenblick wecken Sie mich auf, schlaftrunken taumle ich nach dem Fenster, den Stern noch lebhaft in meinem Auge, und wie ich nun hinblicke der Morgenstern, von gleicher Schönheit, obschon vielleicht nicht von gleicher strahlender Herrlichkeit, wirklich vor mir! Dieser wirkliche, da droben schwebende Stern setzte sich an die Stelle des geträumten, er zehrt auf, was an dem erscheinenden Herrliches war, aber ich schaue doch fort und fort, und Sie schauen ja mit mir, was eigentlich vor meinen Augen zugleich mit dem Nebel des Schlafes hätte verschwinden sollen."

Der Astronom rief aus: "Wunder, ja Wunder! Sie wissen selbst nicht, welche wundersame Rede Sie führten. Möge uns nur dies nicht auf den Abschied der Herrlichen hindeuten, welcher früher oder später eine solche Apotheose beschieden ist."

Den andern Morgen eilte Wilhelm, um seinen Felix aufzusuchen, der sich früh ganz in der Stille weggeschlichen hatte, nach dem Garten, den er zu seiner Verwunderung durch eine Anzahl Mädchen bearbeitet sah; alle, wo nicht schön, doch keine häßlich, keine, die das zwanzigste Jahr erreicht zu haben schien. Sie waren verschiedentlich gekleidet, als verschiedenen Ortschaften angehörig, tätig, heiter grüßend und fortarbeitend.

Ihm begegnete Angela, welche die Arbeit anzuordnen und zu beurteilen auf und ab ging; ihr ließ der Gast seine Verwunderung über eine so hübsche, lebenstätige Kolonie vermerken. "Diese", versetzte sie, "stirbt nicht aus, ändert sich, aber bleibt immer dieselbe. Denn mit dem zwanzigsten Jahr treten diese, so wie die sämtlichen Bewohnerinnen unserer Stiftung, ins tätige Leben, meistens in den Ehestand. Alle jungen Männer der Nachbarschaft, die sich eine wackere Gattin wünschen, sind aufmerksam auf dasjenige, was sich bei uns entwickelt. Auch sind unsre Zöglinge hier nicht etwan eingesperrt, sie haben sich schon auf manchem Jahrmarkte umgesehen, sind gesehen worden, gewünscht und verlobt; und so warten denn mehrere Familien schon aufmerksam, wenn bei uns wieder Platz wird, um die Ihrigen einzuführen." Nachdem diese Angelegenheit besprochen war, konnte der Gast seiner neuen Freundin den Wunsch nicht bergen, das gestern abend Vorgelesene nochmals durchzusehen. "Den Hauptsinn der Unterhaltung habe ich gefaßt", sagte er; "nun möcht' ich aber auch das einzelne, wovon die Rede war, näher kennen lernen."

"Diesen Wunsch", versetzte jene, "zu befriedigen, finde ich mich glücklicherweise sogleich in dem Falle; das Verhältnis, das Ihnen so schnell zu unserm Innersten gegeben ward, berechtigt mich, Ihnen zu sagen, daß jene Papiere schon in meinen Händen und von mir nebst andern Blättern sorgfältig aufgehoben werden. Meine Herrin", fuhr sie fort, "ist von der Wichtigkeit des augenblicklichen Gesprächs höchlich überzeugt; dabei gehe vorüber, sagt sie, was kein Buch enthält, und doch wieder das Beste, was Bücher jemals enthalten haben. Deshalb machte sie mir's zur Pflicht, einzelne gute Gedanken aufzubewahren, die aus einem geistreichen Gespräch, wie Samenkörner aus einer vielästigen Pflanze, hervorspringen. "Ist man treu", sagt sie, "das Gegenwärtige festzuhalten, so wird man erst Freude an der überlieferung haben, indem wir den besten Gedanken schon ausgesprochen, das liebenswürdigste Gefühl schon ausgedrückt finden. Hiedurch kommen wir zum Anschauen jener übereinstimmung, wozu der Mensch berufen ist, wozu er sich oft wider seinen Willen finden muß, da er sich gar zu gern einbildet, die Welt fange mit ihm von vorne an. ""

Angela fuhr fort, dem Gaste weiter zu vertrauen, daß dadurch ein bedeutendes Archiv entstanden sei, woraus sie in schlaflosen Nächten manchmal ein Blatt Makarien vorlese; bei welcher Gelegenheit denn wieder auf eine merkwürdige Weise tausend Einzelnheiten hervorspringen, eben als wenn eine Masse Quecksilber fällt und sich nach allen Seiten hin in die vielfachsten unzähligen Kügelchen zerteilt.

Auf seine Frage, inwiefern dieses Archiv als Geheimnis
bewahrt werde,
eröffnete sie: daß allerdings nur die nächste Umgebung
davon
Kenntnis habe, doch wolle sie es wohl verantworten und
ihm, da er
Lust bezeige, sogleich einige Hefte vorlegen.

Unter diesem Gartengespräche waren sie gegen das Schloß
gelangt, und in die Zimmer eines Seitengebäudes eintretend,
sagte sie lächelnd: "Ich habe bei dieser Gelegenheit Ihnen
noch ein Geheimnis zu vertrauen, worauf Sie am wenigsten
vorbereitet sind." Sie ließ ihn darauf durch einen Vorhang in
ein Kabinett hineinblicken, wo er, freilich zu großer
Verwunderung, seinen Felix schreibend an einem Tische
sitzen sah und sich nicht gleich diesen unerwarteten Fleiß
enträtseln konnte. Bald aber ward er belehrt, als Angela ihm
entdeckte, daß der Knabe jenen Augenblick seines
Verschwindens hiezu angewendet und erklärt, Schreiben
und Reiten sei das einzige, wozu er Lust habe.

Unser Freund ward sodann in ein Zimmer geführt, wo er in
Schränken ringsum viele wohlgeordnete Papiere zu sehen
hatte. Rubriken mancher Art deuteten auf den
verschiedensten Inhalt, Einsicht und Ordnung leuchtete
hervor. Als nun Wilhelm solche Vorzüge pries, eignete das
Verdienst derselben Angela dem Hausfreunde zu; die Anlage
nicht allein, sondern auch in schwierigen Fällen die
Einschaltung wisse er mit eigener übersicht bestimmt zu
leiten. Darauf suchte sie die gestern vorgelesenen
Manuskripte vor und vergönnte dem Begierigen, sich
derselben sowie alles übrigen zu bedienen und nicht nur
Einsicht davon, sondern auch Abschrift zu nehmen.

Hier nun mußte der Freund bescheiden zu Werke gehen,
denn es fand sich nur allzuviel Anziehendes und

Wünschenswertes; besonders achtete er die Hefte kurzer,
kaum zusammenhängender Sätze höchst schätzenswert.
Resultate waren es, die, wenn wir nicht ihre Veranlassung
wissen, als paradox erscheinen, uns aber nötigen,
vermittelst eines umgekehrten Findens und Erfindens
rückwärtszugehen und uns die Filiation solcher Gedanken
von weit her, von unten herauf wo möglich zu
vergegenwärtigen.

Auch dergleichen dürfen wir aus oben angeführten
Ursachen keinen
Platz einräumen. Jedoch werden wir die erste sich
darbietende
Gelegenheit nicht versäumen und am schicklichen Orte
auch das hier
Gewonnene mit Auswahl darzubringen wissen.

Am dritten Tage morgens begab sich unser Freund zu
Angela, und nicht ohne einige Verlegenheit stand er vor ihr.
"Heute soll ich scheiden", sprach er, "und von der trefflichen
Frau, bei der ich gestern den ganzen Tag leider nicht
vorgelassen worden, meine letzten Aufträge erhalten. Hier
nun liegt mir etwas auf dem Herzen, auf dem ganzen innern
Sinn, worüber ich aufgeklärt zu sein wünschte. Wenn es
möglich ist, so gönnen Sie mir diese Wohltat."

"Ich glaube Sie zu verstehen", sagte die Angenehme, "doch
sprechen Sie weiter."—"Ein wunderbarer Traum", fuhr er
fort, "einige Worte des ernsten Himmelskundigen, ein
abgesondertes, verschlossenes Fach in den zugänglichen
Schränken, mit der Inschrift: "Makariens Eigenheiten", diese
Veranlassungen gesellen sich zu einer innern Stimme, die
mir zuruft, die Bemühung um jene Himmelslichter sei nicht

etwa nur eine wissenschaftliche Liebhaberei, ein Bestreben nach Kenntnis des Sternenalls, vielmehr sei zu vermuten: es liege hier ein ganz eigenes Verhältnis Makariens zu den Gestirnen verborgen, das zu erkennen mir höchst wichtig sein müßte. Ich bin weder neugierig noch zudringlich, aber dies ist ein so wissenswerter Fall für den Geist—und Sinnforscher, daß ich mich nicht enthalten kann anzufragen: ob man zu so vielem Vertrauen nicht auch noch dieses übermaß zu vergönnen belieben möchte?"—"Dieses zu gewähren, bin ich berechtigt", versetzte die Gefällige. "Ihr merkwürdiger Traum ist zwar Makarien ein Geheimnis geblieben, aber ich habe mit dem Hausfreund Ihr sonderbares geistiges Eingreifen, Ihr unvermutetes Erfassen der tiefsten Geheimnisse betrachtet und überlegt, und wir dürfen uns ermutigen, Sie weiterzuführen. Lassen Sie mich nun zuvörderst gleichnisweise reden! Bei schwer begreiflichen Dingen tut man wohl, sich auf diese Weise zu helfen.

Wie man von dem Dichter sagt, die Elemente der sichtlichen Welt seien in seiner Natur innerlichst verborgen und hätten sich nur aus ihm nach und nach zu entwickeln, daß ihm nichts in der Welt zum Anschauen komme, was er nicht vorher in der Ahnung gelebt: ebenso sind, wie es scheinen will, Makarien die Verhältnisse unsres Sonnensystems von Anfang an, erst ruhend, sodann sich nach und nach entwickelnd, fernerhin sich immer deutlicher belebend, gründlich eingeboren. Erst litt sie an diesen Erscheinungen, dann vergnügte sie sich daran, und mit den Jahren wuchs das Entzücken. Nicht eher jedoch kam sie hierüber zur Einheit und Beruhigung, als bis sie den Beistand, den Freund gewonnen hatte, dessen Verdienst Sie auch schon genugsam kennen lernten.

Als Mathematiker und Philosoph ungläubig von Anfang,

war er lange zweifelhaft, ob diese Anschauung nicht etwa angelernt sei; denn Makarie mußte gestehen, frühzeitig Unterricht in der Astronomie genossen und sich leidenschaftlich damit beschäftigt zu haben. Daneben berichtete sie aber auch: wie sie viele Jahre ihres Lebens die innern Erscheinungen mit dem äußern Gewahrwerden zusammengehalten und verglichen, aber niemals hierin eine übereinstimmung finden können.

Der Wissende ließ sich hierauf dasjenige, was sie schaute, welches ihr nur von Zeit zu Zeit ganz deutlich war, auf das genaueste vortragen, stellte Berechnungen an und folgerte daraus, daß sie nicht sowohl das ganze Sonnensystem in sich trage, sondern daß sie sich vielmehr geistig als ein integrierender Teil darin bewege. Er verfuhr nach dieser Voraussetzung, und seine Calculs wurden auf eine unglaubliche Weise durch ihre Aussagen bestätigt.

So viel nur darf ich Ihnen diesmal vertrauen, und auch dieses eröffne ich nur mit der dringenden Bitte, gegen niemanden hievon irgendein Wort zu erwähnen. Denn sollte nicht jeder Verständige und Vernünftige, bei dem reinsten Wohlwollen, dergleichen äußerungen für Phantasien, für übelverstandene Erinnerungen eines früher eingelernten Wissens halten und erklären? Die Familie selbst weiß nichts Näheres hievon, diese geheimen Anschauungen, die entzückenden Gesichte sind es, die bei den Ihrigen als Krankheit gelten, wodurch sie augenblicklich gehindert sei, an der Welt und ihren Interessen teilzunehmen. Dies, mein Freund, verwahren Sie im stillen und lassen sich auch gegen Lenardo nichts merken."

Gegen Abend ward unser Wanderer Makarien nochmals vorgestellt; gar manches anmutig Belehrende kam zur Sprache, davon wir nachstehendes auswählen.

"Von Natur besitzen wir keinen Fehler, der nicht zur Tugend, keine Tugend, die nicht zum Fehler werden könnte. Diese letzten sind gerade die bedenklichsten. Zu dieser Betrachtung hat mir vorzüglich der wunderbare Neffe Anlaß gegeben, der junge Mann, von dem Sie in der Familie manches Seltsame gehört haben und den ich, wie die Meinigen sagen, mehr als billig, schonend und liebend behandle.

Von Jugend auf entwickelte sich in ihm eine gewisse muntere, technische Fertigkeit, der er sich ganz hingab und darin glücklich zu mancher Kenntnis und Meisterschaft fortschritt. Späterhin war alles, was er von Reisen nach Hause schickte, immer das Künstlichste, Klügste, Feinste, Zarteste von Handarbeit, auf das Land hindeutend, wo er sich eben befand und welches wir erraten sollten. Hieraus möchte man schließen, daß er ein trockner, unteilnehmender, in äußerlichkeiten befangener Mensch sei und bleibe; auch war er im Gespräch zum Eingreifen an allgemeinen, sittlichen Betrachtungen nicht aufgelegt, aber er besaß im stillen und geheimen einen wunderbar feinen praktischen Takt des Guten und Bösen, des Löblichen und Unlöblichen, daß ich ihn weder gegen Ältere noch jüngere, weder gegen Obere noch Untere jemals habe fehlen sehen. Aber diese angeborne Gewissenhaftigkeit, ungeregelt wie sie war, bildete sich im einzelnen zu grillenhafter Schwäche; er mochte sogar sich Pflichten erfinden, da wo sie nicht gefordert wurden, und sich ganz ohne Not irgendeinmal als Schuldner bekennen.

Nach seinem ganzen Reiseverfahren, besonders aber nach den Vorbereitungen zu seiner Wiederkunft, glaube ich, daß er wähnt, früher ein weibliches Wesen unseres Kreises verletzt zu haben, deren Schicksal ihn jetzt beunruhigt, wovon er sich befreit und erlöst fühlen würde, sobald er vernehmen könnte, daß es ihr wohl gehe, und das Weitere wird Angela mit Ihnen besprechen. Nehmen Sie gegenwärtigen Brief und bereiten unsrer Familie ein glückliches Zusammenfinden. Aufrichtig gestanden: ich wünschte, ihn auf dieser Erde nochmals zu sehen und im Abscheiden ihn herzlich zu segnen."

## Eilftes Kapitel

### Das nußbraune Mädchen

Nachdem Wilhelm seinen Auftrag umständlich und genau ausgerichtet, versetzte Lenardo mit einem Lächeln: "So sehr ich Ihnen verbunden bin für das, was ich durch Sie erfahre, so muß ich doch noch eine Frage hinzufügen. Hat Ihnen die Tante nicht am Schluß noch anempfohlen, mir eine unbedeutend scheinende Sache zu berichten?" Der andere besann sich einen Augenblick. "Ja", sagte er darauf, "ich entsinne mich. Sie erwähnte eines Frauenzimmers, das sie Valerine nannte. Von dieser sollte ich Ihnen sagen, daß sie glücklich verheiratet sei und sich in einem wünschenswerten Zustande befinde."

"Sie wälzen mir einen Stein vom Herzen", versetzte Lenardo. "Ich gehe nun gern nach Hause zurück, weil ich nicht fürchten muß, daß die Erinnerung an dieses Mädchen mir an Ort und Stelle zum Vorwurf gereiche."

"Es ziemt sich nicht für mich zu fragen, welch Verhältnis Sie zu ihr gehabt", sagte Wilhelm; "genug, Sie können ruhig sein, wenn Sie auf irgendeine Weise an dem Schicksal des Mädchens teilnehmen."

"Es ist das wunderlichste Verhältnis von der Welt", sagte Lenardo; "keinesweges ein Liebesverhältnis, wie man sich's denken könnte. Ich darf Ihnen wohl vertrauen und erzählen, was eigentlich keine Geschichte ist. Was müssen Sie aber denken, wenn ich Ihnen sage, daß mein zauderndes Zurückreisen, daß die Furcht, in unsere Wohnung zurückzukehren, daß diese seltsamen Anstalten und Fragen, wie es bei uns aussehe, eigentlich nur zur Absicht haben, nebenher zu erfahren, wie es mit diesem Kinde stehe.

Denn glauben Sie", fuhr er fort, "ich weiß übrigens sehr gut, daß man Menschen, die man kennt, auf geraume Zeit verlassen kann, ohne sie verändert wiederzufinden, und so denke ich auch bei den Meinigen bald wieder völlig zu Hause zu sein. Um dies einzige Wesen war es mir zu tun, dessen Zustand sich verändern mußte und sich, Dank sei es dem Himmel, ins Bessere verändert hat."

"Sie machen mich neugierig", sagte Wilhelm. "Sie lassen mich etwas ganz Besonderes erwarten."

"Ich halte es wenigstens dafür", versetzte Lenardo und fing seine
Erzählung folgendermaßen an.

"Die herkömmliche Kreisfahrt durch das gesittete Europa in meinen Jünglingsjahren zu bestehen, war ein fester Vorsatz, den ich von Jugend auf hegte, dessen Ausführung sich aber von Zeit zu Zeit, wie es zu gehen pflegt, verzögerte. Das Nächste zog mich an, hielt mich fest, und das Entfernte verlor immer mehr seinen Reiz, je mehr ich davon las oder erzählen hörte. Doch endlich, angetrieben durch meinen

Oheim, angelockt durch Freunde, die sich vor mir in die Welt hinausbegeben hatten, ward der Entschluß gefaßt, und zwar geschwinder, ehe wir es uns alle versahen.

Mein Oheim, der eigentlich das Beste dazu tun mußte, um die Reise möglich zu machen, hatte sogleich kein anderes Augenmerk. Sie kennen ihn und seine Eigenheit, wie er immer nur auf eines losgeht und das erst zustande bringt, und inzwischen alles andere ruhen und schweigen muß; wodurch er denn freilich vieles geleistet hat, was über die Kräfte eines Particuliers zu gehen scheint. Diese Reise kam ihm einigermaßen unerwartet; doch wußte er sich sogleich zu fassen. Einige Bauten, die er unternommen, ja sogar angefangen hatte, wurden eingestellt, und weil er sein Erspartes niemals angreifen will, so sah er sich als ein kluger Finanzmann nach andern Mitteln um. Das Nächste war, ausstehende Schulden, besonders Pachtreste, einzukassieren; denn auch dieses gehörte mit zu seiner Art und Weise, daß er gegen Schuldner nachsichtig war, solange er bis auf einen gewissen Grad selbst nichts bedurfte. Sein Geschäftsmann erhielt die Liste; diesem war die Ausführung überlassen. Vom einzelnen erfuhren wir nichts; nur hörte ich im Vorbeigehen, daß der Pachter eines unserer Güter, mit dem der Oheim lange Geduld gehabt hatte, endlich wirklich ausgetrieben, seine Kaution zu kärglichem Ersatz des Ausfalls innebehalten und das Gut anderweit verpachtet werden sollte. Es war dieser Mann von Art der "Stillen im Lande", aber nicht, wie seinesgleichen, dabei klug und tätig; wegen seiner Frömmigkeit und Güte zwar geliebt, doch wegen seiner Schwäche als Haushalter gescholten. Nach seiner Frauen Tode war eine Tochter, die man nur das nußbraune Mädchen nannte, ob sie schon rüstig und entschlossen zu werden versprach, doch viel zu jung, um entschieden einzugreifen; genug, es ging mit dem Mann rückwärts, ohne daß die Nachsicht des Onkels sein

160

Schicksal hätte aufhalten können.

Ich hatte meine Reise im Sinn, und die Mittel dazu mußt' ich billigen. Alles war bereit, das Packen und Loslösen ging an, die Augenblicke drängten sich. Eines Abends durchstrich ich noch einmal den Park, um Abschied von den bekannten Bäumen und Sträuchen zu nehmen, als mir auf einmal Valerine in den Weg trat: denn so hieß das Mädchen; das andere war nur ein Scherzname, durch ihre bräunliche Gesichtsfarbe veranlaßt. Sie trat mit in den Weg."

Lenardo hielt einen Augenblick nachdenkend inne. "Wie ist mir denn?" sagte er; "hieß sie auch Valerine? Ja doch", fuhr er fort; "doch war der Scherzname gewöhnlicher. Genug, das braune Mädchen trat mir in den Weg und bat mich dringend, für ihren Vater, für sie ein gutes Wort bei meinem Oheim einzulegen. Da ich wußte, wie die Sache stand, und ich wohl sah, daß es schwer, ja unmöglich sein würde, in diesem Augenblick etwas für sie zu tun, so sagte ich's ihr aufrichtig und setzte die eigne Schuld ihres Vaters in ein ungünstiges Licht.

Sie antwortete mir darauf mit so viel Klarheit und zugleich mit so viel kindlicher Schonung und Liebe, daß sie mich ganz für sich einnahm und daß ich, wäre es meine eigene Kasse gewesen, sie sogleich durch Gewährung ihrer Bitte glücklich gemacht hätte. Nun waren es aber die Einkünfte meines Oheims; es waren seine Anstalten, seine Befehle; bei seiner Denkweise, bei dem, was bisher schon geschehen, war nichts zu hoffen. Von jeher hielt ich ein Versprechen hochheilig. Wer etwas von mir verlangte, setzte mich in Verlegenheit. Ich hatte mir es so angewöhnt abzuschlagen, daß ich sogar das nicht versprach, was ich zu halten gedachte. Diese Gewohnheit kam mir auch diesmal zustatten. Ihre Gründe ruhten auf Individualität und Neigung, die meinigen auf Pflicht und Verstand, und ich leugne nicht, daß sie mir am Ende selbst zu hart vorkamen. Wir hatten schon einigemal dasselbe wiederholt, ohne einander zu überzeugen, als die Not sie beredter machte, ein unvermeidlicher Untergang, den sie vor sich sah, ihr Tränen aus den Augen preßte. Ihr gefaßtes Wesen verließ sie nicht ganz; aber sie sprach lebhaft, mit Bewegung, und indem ich immer noch Kälte und Gelassenheit heuchelte, kehrte sich ihr ganzes Gemüt nach außen. Ich wünschte die Szene zu endigen; aber auf einmal lag sie zu meinen Füßen, hatte meine Hand gefaßt, geküßt, und sah so gut, so liebenswürdig flehend zu mir herauf, daß ich mir in dem Augenblick meiner selbst nicht bewußt war. Schnell sagte ich, indem ich sie aufhob: "Ich will das Mögliche tun, beruhige dich, mein Kind!" und so wandte ich mich nach einem Seitenwege. "Tun Sie das Unmögliche!" rief sie mir nach. — Ich weiß nicht mehr, was ich sagen wollte, aber ich sagte: "Ich will", und stockte. "Tun Sie's!" rief sie auf einmal, mit einem Ausdruck von himmlischer Hoffnung. Ich grüßte sie und eilte fort.

Den Oheim wollte ich nicht zuerst angehen, denn ich kannte ihn nur zu gut, daß man ihn an das Einzelne nicht erinnern durfte, wenn er sich das Ganze vorgesetzt hatte. Ich suchte den Geschäftsträger; er war weggeritten; Gäste kamen den Abend, Freunde, die Abschied nehmen wollten. Man spielte, man speiste bis tief in die Nacht. Sie blieben den andern Tag, und die Zerstreuung vermischte jenes Bild der dringend Bittenden. Der Geschäftsträger kam zurück, er war geschäftiger und überdrängter als nie. Jedermann fragte nach ihm. Er hatte nicht Zeit, mich zu hören: doch machte ich einen Versuch, ihn festzuhalten; allein kaum hatte ich jenen frommen Pachter genannt, so wies er mich mit Lebhaftigkeit zurück: "Sagen Sie dem Onkel um Gottes willen davon nichts, wenn Sie zuletzt nicht noch Verdruß haben wollen. "—Der Tag meiner Abreise war festgesetzt; ich hatte Briefe zu schreiben, Gäste zu empfangen, Besuche in der Nachbarschaft abzulegen. Meine Leute waren zu meiner bisherigen Bedienung hinreichend, keineswegs aber gewandt, das Geschäft der Abreise zu erleichtern. Alles lag auf mir; und doch, als mir der Geschäftsmann zuletzt in der Nacht eine Stunde gab, um unsere Geldangelegenheiten zu ordnen, wagte ich nochmals, für Valerinens Vater zu bitten.

"Lieber Baron", sagte der bewegliche Mann, "wie kann Ihnen nur so etwas einfallen? Ich habe heute ohnehin mit Ihrem Oheim einen schweren Stand gehabt; denn was Sie nötig haben, um sich hier loszumachen, beläuft sich weit höher, als wir glaubten. Dies ist zwar ganz natürlich, aber doch beschwerlich. Besonders hat der alte Herr keine Freude, wenn die Sache abgetan scheint und noch manches hintennachhinkt; das ist nun aber oft so, und wir andern müssen es ausbaden. über die Strenge, womit die ausstehenden Schulden eingetrieben werden sollen, hat er sich selbst ein Gesetz gemacht; er ist darüber mit sich einig, und man möchte ihn wohl schwer zur Nachgiebigkeit bewegen. Tun Sie es nicht, ich bitte Sie! es ist ganz vergebens."

Ich ließ mich mit meinem Gesuch zurückschrecken, jedoch nicht ganz. Ich drang in ihn, da doch die Ausführung von ihm abhänge, gelind und billig zu verfahren. Er versprach alles, nach Art solcher Personen, um für den Augenblick in Ruhe zu kommen. Er ward mich los; der Drang, die Zerstreuung wuchs! ich saß im Wagen und kehrte jedem Anteil, den ich zu Hause haben konnte, den Rücken.

Ein lebhafter Eindruck ist wie eine andere Wunde; man fühlt sie nicht, indem man sie empfängt. Erst später fängt sie an zu schmerzen und zu eitern. Mir ging es so mit jener Begebenheit im Garten. Sooft ich einsam, sooft ich unbeschäftigt war, trat mir jenes Bild des flehenden

Mädchens, mit der ganzen Umgebung, mit jedem Baum und Strauch, dem Platz, wo sie knieete, dem Weg, den ich einschlug, mich von ihr zu entfernen, das Ganze zusammen wie ein frisches Bild vor die Seele. Es war ein unauslöschlicher Eindruck, der wohl von andern Bildern und Teilnahmen beschattet, verdeckt, aber niemals vertilgt werden konnte. Immer erneut trat er in jeder stillen Stunde hervor, und je länger es währte, desto schmerzlicher fühlte ich die Schuld, die ich gegen meine Grundsätze, meine Gewohnheit auf mich geladen hatte, obgleich nicht ausdrücklich, nur stotternd, zum erstenmal in solchem Falle verlegen.

Ich verfehlte nicht, in den ersten Briefen unsern Geschäftsmann zu fragen, wie die Sache gegangen. Er antwortete dilatorisch. Dann setzte er aus, diesen Punkt zu erwidern; dann waren seine Worte zweideutig, zuletzt schwieg er ganz. Die Entfernung wuchs, mehr Gegenstände traten zwischen mich und meine Heimat; ich ward zu manchen Beobachtungen, mancher Teilnahme aufgefordert; das Bild verschwand, das Mädchen fast bis auf den Namen. Seltener trat ihr Andenken hervor, und meine Grille, mich nicht durch Briefe, nur durch Zeichen mit den Meinigen zu unterhalten, trug viel dazu bei, meinen frühern Zustand mit allen seinen Bedingungen beinahe verschwinden zu machen. Nur jetzt, da ich mich dem Hause nähere, da ich meiner Familie, was sie bisher entbehrt, mit Zinsen zu erstatten gedenke, jetzt überfällt mich diese wunderliche Reue — ich muß sie selbst wunderlich nennen — wieder mit aller Gewalt. Die Gestalt des Mädchens frischt sich auf mit den Gestalten der Meinigen, und ich fürchte nichts mehr, als zu vernehmen, sie sei in dem Unglück, in das ich sie gestoßen, zugrunde gegangen; denn mir schien mein Unterlassen ein Handeln zu ihrem Verderben, eine Förderung ihres traurigen Schicksals. Schon tausendmal

habe ich mir gesagt, daß dieses Gefühl im Grunde nur eine
Schwachheit sei, daß ich früh zu jenem Gesetz, nie zu
versprechen, nur aus Furcht der Reue, nicht aus einer edlern
Empfindung getrieben worden. Und nun scheint sich eben
die Reue, die ich geflohen, an mir zu rächen, indem sie
diesen Fall statt tausend ergreift, um mich zu peinigen.
Dabei ist das Bild, die Vorstellung, die mich quält, so
angenehm, so liebenswürdig, daß ich gern dabei verweile.
Und denke ich daran, so scheint der Kuß, den sie auf meine
Hand gedrückt, mich noch zu brennen."

Lenardo schwieg, und Wilhelm versetzte schnell und fröhlich: "So hätte ich Ihnen denn keinen größern Dienst erzeigen können als durch den Nachsatz meines Vortrags, wie manchmal in einem Postskript das Interessanteste des Briefes enthalten sein kann. Zwar weiß ich nur wenig von Valerinen: denn ich erfuhr von ihr nur im Vorbeigehen; aber gewiß ist sie die Gattin eines wohlhabenden Gutsbesitzers und lebt vergnügt, wie mir die Tante noch beim Abschied versicherte."

"Schön", sagte Lenardo: "nun hält mich nichts ab. Sie haben mich absolviert, und wir wollen sogleich zu den Meinigen, die mich ohnehin länger, als billig ist, erwarten." Wilhelm erwiderte darauf. "Leider kann ich Sie nicht begleiten: denn eine sonderbare Verpflichtung liegt mir ob, nirgends länger als drei Tage zu verweilen und die Orte, die ich verlasse, in einem Jahr nicht wieder zu betreten. Verzeihen Sie, wenn ich den Grund dieser Sonderbarkeit nicht aussprechen darf."

"Es tut mir sehr leid", sagte Lenardo, "daß wir Sie so bald verlieren, daß ich nicht auch etwas für Sie mitwirken kann. Doch da Sie einmal auf dem Wege sind, mir wohlzutun, so können Sie mich sehr glücklich machen, wenn Sie Valerinen besuchten, sich von ihrem Zustand genau unterrichteten und mir alsdann schriftlich oder mündlich — der dritte Ort einer Zusammenkunft wird sich schon finden —zu meiner Beruhigung ausführliche Nachricht erteilten."

Dieser Vorschlag wurde weiter besprochen; Valerinens Aufenthalt hatte man Wilhelmen genannt. Er übernahm es, sie zu besuchen; ein dritter Ort wurde festgesetzt, wohin der Baron kommen und auch den Felix mitbringen sollte, der indessen bei den Frauenzimmern zurückgeblieben war.

Lenardo und Wilhelm hatten ihren Weg, nebeneinander

reitend, auf angenehmen Wiesen unter mancherlei Gesprächen eine Zeitlang fortgesetzt, als sie sich nunmehr der Fahrstraße näherten und den Wagen des Barons einholten, der, von seinem Herrn begleitet, die Heimat wiederfinden sollte. Hier wollten die Freunde sich trennen, und Wilhelm nahm mit wenigen, freundlichen Worten Abschied und versprach dem Baron nochmals baldige Nachricht von Valerinen.

"Wenn ich bedenke", versetzte Lenardo, "daß es nur ein kleiner Umweg wäre, wenn ich Sie begleitete, warum sollte ich Valerinen nicht selbst aufsuchen? warum nicht selbst von ihrem glücklichen Zustande mich überzeugen? Sie waren so freundlich, sich zum Boten anzubieten; warum wollten Sie nicht mein Begleiter sein? Denn einen Begleiter muß ich haben, einen sittlichen Beistand, wie man sich rechtliche Beistände nimmt, wenn man dem Gerichtshandel nicht ganz gewachsen zu sein glaubt."

Die Einreden Wilhelms, daß man zu Hause den so lange Abwesenden erwarte, daß es einen sonderbaren Eindruck machen möchte, wenn der Wagen allein käme, und was dergleichen mehr war, vermochten nichts über Lenardo, und Wilhelm mußte sich zuletzt entschließen, den Begleiter abzugeben, wobei ihm wegen der zu fürchtenden Folgen nicht wohl zumute war.

Die Bedienten wurden daher unterrichtet, was sie bei der Ankunft sagen sollten, und die Freunde schlugen nunmehr den Weg ein, der zu Valerinens Wohnort führte. Die Gegend schien reich und fruchtbar und der wahre Sitz des Landbaues. So war denn auch in dem Bezirk, welcher Valerinens Gatten gehörte, der Boden durchaus gut und mit Sorgfalt bestellt. Wilhelm hatte Zeit, die Landschaft genau zu betrachten, indem Lenardo schweigend neben ihm ritt. Endlich fing dieser an: "Ein anderer an meiner Stelle würde sich vielleicht Valerinen unerkannt zu nähern suchen; denn es ist immer ein peinliches Gefühl, vor die Augen derjenigen zu treten, die man verletzt hat; aber ich will das lieber übernehmen und den Vorwurf ertragen, den ich von ihren ersten Blicken befürchte, als daß ich mich durch Vermummung und Unwahrheit davor sicherstelle. Unwahrheit kann uns ebensosehr in Verlegenheit setzen als Wahrheit; und wenn wir abwägen, wie oft uns diese oder jene nutzt, so möchte es doch immer der Mühe wert sein, sich ein für allemal dem Wahren zu ergeben. Lassen Sie uns also getrost vorwärtsgehen; ich will mich nennen und Sie als meinen Freund und Gefährten einführen."

Nun waren sie an den Gutshof gekommen und stiegen in dem Bezirk desselben ab. Ein ansehnlicher Mann, einfach gekleidet, den sie für einen Pachter halten konnten, trat ihnen entgegen und kündigte sich als Herrn des Hauses an. Lenardo nannte sich, und der Besitzer schien höchst erfreut, ihn zu sehen und kennen zu lernen. "Was wird meine Frau sagen", rief er aus, "wenn sie den Neffen ihres Wohltäters wiedersieht! Nicht genug kann sie erwähnen und erzählen, was sie und ihr Vater Ihrem Oheim schuldig ist."

Welche sonderbare Betrachtungen kreuzten sich schnell in Lenardos Geist. "Versteckt dieser Mann, der so redlich aussieht, seine Bitterkeit hinter ein freundlich Gesicht und glatte Worte? Ist er imstande, seinen Vorwürfen eine so gefällige Außenseite zu geben? Denn hat mein Oheim nicht diese Familie unglücklich gemacht? und kann es ihm unbekannt geblieben sein? Oder", so dachte er sich's mit schneller Hoffnung, "ist die Sache nicht so übel geworden, als du denkst? denn eine ganz bestimmte Nachricht hast du ja doch niemals gehabt." Solche Vermutungen wechselten hin und her, indem der Hausherr anspannen ließ, um seine Gattin holen zu lassen, die in der Nachbarschaft einen

Besuch machte.

"Wenn ich Sie indessen, bis meine Frau kommt, auf meine
Weise unterhalten und zugleich meine Geschäfte fortsetzen
darf, so machen Sie einige Schritte mit mir aufs Feld und
sehen sich um, wie ich meine Wirtschaft betreibe: denn
gewiß ist Ihnen, als einem großen Gutsbesitzer, nichts
angelegener als die edle Wissenschaft, die edle Kunst des
Feldbaues." Lenardo widersprach nicht; Wilhelm
unterrichtete sich gern; und der Landmann hatte seinen
Grund und Boden, den er unumschränkt besaß und
beherrschte, vollkommen gut inne; was er vornahm, war
der Absicht gemäß; was er säete und pflanzte, durchaus am
rechten Ort; er wußte die Behandlung und die Ursachen
derselben so deutlich anzugeben, daß es ein jeder begriff und
für möglich gehalten hätte, dasselbe zu tun und zu leisten:
ein Wahn, in den man leicht verfällt, wenn man einem
Meister zusieht, dem alles bequem von der Hand geht.

Die Fremden erzeugten sich sehr zufrieden und konnten
nichts als Lob und Billigung erteilen. Er nahm es dankbar
und freundlich auf, fügte jedoch hinzu: "Nun muß ich
Ihnen aber auch meine schwache Seite zeigen, die freilich an
jedem zu bemerken ist, der sich einem Gegenstand
ausschließlich ergibt." Er führte sie auf seinen Hof, zeigte
ihnen seine Werkzeuge, den Vorrat derselben sowie den
Vorrat von allem erdenklichen Geräte und dessen Zubehör.
"Man tadelte mich oft", sagte er dabei, "daß ich hierin zu
weit gehe; allein ich kann mich deshalb nicht schelten.
Glücklich ist der, dem sein Geschäft auch zur Puppe wird,
der mit demselbigen zuletzt noch spielt und sich an dem
ergötzt, was ihm sein Zustand zur Pflicht macht."

Die beiden Freunde ließen es an Fragen und Erkundigungen
nicht fehlen. Besonders erfreute sich Wilhelm an den
allgemeinen Bemerkungen, zu denen dieser Mann aufgelegt

schien, und verfehlte nicht, sie zu erwidern; indessen Lenardo, mehr in sich gekehrt, an dem Glück Valerinens, das er in diesem Zustande für gewiß hielt, stillen Teil nahm, obgleich mit einem leisen Gefühl von Unbehagen, von dem er sich keine Rechenschaft zu geben wußte.

Man war schon ins Haus zurückgekehrt, als der Wagen der Besitzerin vorfuhr. Man eilte ihr entgegen; aber wie erstaunte, wie erschrak Lenardo, als er sie aussteigen sah. Sie war es nicht, es war das nußbraune Mädchen nicht, vielmehr gerade das Gegenteil; zwar auch eine schöne, schlanke Gestalt, aber blond, mit allen Vorteilen, die Blondinen eigen sind.

Diese Schönheit, diese Anmut erschreckte Lenardon. Seine Augen hatten das braune Mädchen gesucht; nun leuchtete ihm ein ganz anderes entgegen. Auch dieser Züge erinnerte er sich; ihre Anrede, ihr Betragen versetzten ihn bald aus jeder Ungewißheit: es war die Tochter des Gerichtshalters, der bei dem Oheim in großem Ansehen stand, deshalb denn auch dieser bei der Ausstattung sehr viel getan und dem neuen Paare behülflich gewesen. Dies alles und mehr noch wurde von der jungen Frau zum Antrittsgruße fröhlich erzählt, mit einer Freude, wie sie die überraschung eines Wiedersehens ungezwungen äußern läßt. Ob man sich wiedererkenne, wurde gefragt; die Veränderungen der Gestalt wurden beredet, welche merklich genug bei Personen dieses Alters gefunden werden. Valerine war immer angenehm, dann aber höchst liebenswürdig, wenn Fröhlichkeit sie aus dem gewöhnlichen gleichgültigen Zustande herausriß. Die Gesellschaft ward gesprächig und die Unterhaltung so lebhaft, daß Lenardo sich fassen und seine Bestürzung verbergen konnte. Wilhelm, dem der Freund geschwind genug von diesem seltsamen Ereignis einen Wink gegeben hatte, tat sein mögliches, um diesem beizustehen; und Valerinens kleine Eitelkeit, daß der Baron, noch ehe er die Seinigen gesehen, sich ihrer erinnert, bei ihr eingekehrt sei, ließ sie auch nicht den mindesten Verdacht schöpfen, daß hier eine andere Absicht oder ein Mißgriff obwalte.

Man blieb bis tief in die Nacht beisammen, obgleich beide Freunde nach einem vertraulichen Gespräch sich sehnten, das denn auch sogleich begann, als sie sich in dem Gastzimmer allein sahen.

"Ich soll, so scheint es", sagte Lenardo, "meine Qual nicht loswerden. Eine unglückliche Verwechslung des Namens, merke ich, verdoppelt sie. Diese blonde Schönheit habe ich oft mit jener Braunen, die man keine Schönheit nennen durfte, spielen sehen; ja ich trieb mich selbst mit ihnen, obgleich so vieles älter, in den Feldern und Gärten herum. Beide machten nicht den geringsten Eindruck auf mich; ich habe nur den Namen der einen behalten und ihn der andern beigelegt. Nun finde ich die, die mich nichts angeht, nach ihrer Weise über die Maßen glücklich, indessen die andere, wer weiß wohin, in die Welt geworfen ist."

Den folgenden Morgen waren die Freunde beinahe früher auf als die tätigen Landleute. Das Vergnügen, ihre Gäste zu sehen, hatte Valerinen gleichfalls zeitig geweckt. Sie ahnete nicht, mit welchen Gesinnungen sie zum Frühstück kamen. Wilhelm, der wohl einsah, daß ohne Nachricht von dem nußbraunen Mädchen Lenardo sich in der peinlichsten Lage befinde, brachte das Gespräch auf frühere Zeiten, auf Gespielen, aufs Lokal, das er selbst kannte, auf andere Erinnerungen, so daß Valerine zuletzt ganz natürlich darauf kam, des nußbraunen Mädchens zu erwähnen und ihren Namen auszusprechen.

Kaum hatte Lenardo den Namen Nachodine gehört, so

entsann er sich dessen vollkommen; aber auch mit dem Namen kehrte das Bild jener Bittenden zurück, mit einer solchen Gewalt, daß ihm das Weitere ganz unerträglich fiel, als Valerine mit warmem Anteil die Auspfändung des frommen Pachters, seine Resignation und seinen Auszug erzählte, und wie er sich auf seine Tochter gelehnt, die ein kleines Bündel getragen. Lenardo glaubte zu versinken. Unglücklicher—und glücklicherweise erging sich Valerine in einer gewissen Umständlichkeit, die Lenardon das Herz zerrreißend, ihm dennoch möglich machte, mit Beihülfe seines Gefährten, einige Fassung zu zeigen.

Man schied unter vollen, aufrichtigen Bitten des Ehepaars um baldige Wiederkunft und einer halben, geheuchelten Zusage beider Gäste. Und wie dem Menschen, der sich selbst was Gutes gönnt, alles zum Glück schlägt, so legte Valerine zuletzt das Schweigen Lenardos, seine sichtbare Zerstreuung beim Abschied, sein hastiges Wegeilen zu ihrem Vorteil aus und konnte sich, obgleich treue und liebevolle Gattin eines wackern Landmanns, doch nicht enthalten, an einer wiederaufwachenden oder neuentstehenden Neigung, wie sie sich's auslegte, ihres ehemaligen Gutsherrn einiges Behagen zu finden.

Nach diesem sonderbaren Ereignis sagte Lenardo: "Daß wir, bei so schönen Hoffnungen, ganz nahe vor dem Hafen scheitern, darüber kann ich mich nur einigermaßen trösten, mich nur für den Augenblick beruhigen und den Meinen entgegengehen, wenn ich betrachte, daß der Himmel Sie mir zugeführt hat, Sie, dem es bei seiner eigentümlichen Sendung gleichgültig ist, wohin und wozu er seinen Weg richtet. Nehmen Sie es über sich, Nachodinen aufzusuchen und mir Nachricht von ihr zu geben. Ist sie glücklich, so bin ich zufrieden; ist sie unglücklich, so helfen Sie ihr auf meine Kosten. Handeln Sie ohne Rücksichten, sparen, schonen Sie nichts."

"Nach welcher Weltgegend aber", sagte Wilhelm lächelnd, "hab' ich denn meine Schritte zu richten? Wenn Sie keine Ahnung haben, wie soll ich damit begabt sein?"

"Hören Sie!" antwortete Lenardo. "In voriger Nacht, wo Sie mich als einen Verzweifelten rastlos auf und ab gehen sahen, wo ich leidenschaftlich in Kopf und Herzen alles durcheinanderwarf, da kam ein alter Freund mir vor den Geist, ein würdiger Mann, der, ohne mich eben zu hofmeistern, auf meine Jugend großen Einfluß gehabt hat. Gern hätt' ich mir ihn, wenigstens teilweise, als Reisegefährten erbeten, wenn er nicht wundersam durch die schönsten Kunst—und altertümlichen Seltenheiten an seine Wohnung geknüpft wäre, die er nur auf Augenblicke verläßt. Dieser, weiß ich, genießt einer ausgebreiteten Bekanntschaft mit allem, was in dieser Welt durch irgendeinen edlen Faden verbunden ist; zu ihm eilen Sie, ihm erzählen Sie, wie ich es vorgetragen, und es steht zu hoffen, daß ihm sein zartes Gefühl irgend einen Ort, eine Gegend andeuten werde, wo sie zu finden sein möchte. In meiner Bedrängnis fiel es mir ein, daß der Vater des Kindes sich zu den Frommen zählte, und ich ward im Augenblick fromm genug, mich an die moralische Weltordnung zu wenden und zu bitten: sie möge sich hier zu meinen Gunsten einmal wunderbar gnädig offenbaren."

"Noch eine Schwierigkeit", versetzte Wilhelm, "bleibt jedoch zu lösen: wo soll ich mit meinem Felix hin? denn auf so ganz ungewissen Wegen möcht' ich ihn nicht mit mir führen und ihn doch auch nicht gerne von mir lassen; denn mich dünkt, der Sohn entwickele sich nirgends besser als in Gegenwart des Vaters."

"Keineswegs!" erwiderte Lenardo, "dies ist ein holder

väterlicher Irrtum: der Vater behält immer eine Art von despotischem Verhältnis zu seinem Sohn, dessen Tugenden er nicht anerkennt und an dessen Fehlern er sich freut; deswegen die Alten schon zu sagen pflegten: "Der Helden Söhne werden Taugenichtse", und ich habe mich weit genug in der Welt umgesehen, um hierüber ins klare zu kommen. Glücklicherweise wird unser alter Freund, an den ich Ihnen sogleich ein eiliges Schreiben verfasse, auch hierüber die beste Auskunft geben. Als ich ihn vor Jahren das letztemal sah, erzählte er mir gar manches von einer pädagogischen Verbindung, die ich nur für eine Art von Utopien halten konnte; es schien mir, als sei, unter dem Bilde der Wirklichkeit, eine Reihe von Ideen, Gedanken, Vorschlägen und Vorsätzen gemeint, die freilich zusammenhingen, aber in dem gewöhnlichen Laufe der Dinge wohl schwerlich zusammentreffen möchten. Weil ich ihn aber kenne, weil er gern durch Bilder das Mögliche und Unmögliche verwirklichen mag, so ließ ich es gut sein, und nun kommt es uns zugute; er weiß gewiß Ihnen Ort und Umstände zu bezeichnen, wie Sie Ihren Knaben getrost vertrauen und von einer weisen Leitung das Beste hoffen können."

Im Dahinreiten sich auf diese Weise unterhaltend, erblickten sie eine edle Villa, die Gebäude im ernst-freundlichen Geschmack, freien Vorraum und in weiter, würdiger Umgebung wohlbestandene Bäume; Türen und Schaltern aber durchaus verschlossen, alles einsam, doch wohlerhalten anzusehen. Von einem ältlichen Manne, der sich am Eingang zu beschäftigen schien, erfuhren sie, dies sei das Erbteil eines jungen Mannes, dem es von seinem in hohem Alter erst kurz verstorbenen Vater soeben hinterlassen worden.

Auf weiteres Befragen wurden sie belehrt: dem Erben sei hier leider alles zu fertig, er habe hier nichts mehr zu tun und das Vorhandene zu genießen sei gerade nicht seine Sache; deswegen er sich denn ein Lokal näher am Gebirge ausgesucht, wo er für sich und seine Gesellen Mooshütten baue und eine Art von jägerischer Einsiedelei anlegen wolle. Was den Berichtenden selbst betraf, vernahmen sie, er sei der mitgeerbte Kastellan, sorge aufs genaueste für Erhaltung und Reinlichkeit, damit irgendein Enkel, in die Neigung und Besitzung des Großvaters eingreifend, alles finde, wie dieser es verlassen hat.

Nachdem sie ihren Weg einige Zeit stillschweigend fortgesetzt, begann Lenardo mit der Betrachtung, daß es die Eigenheit des Menschen sei, von vorn anfangen zu wollen; worauf der Freund erwiderte, dies lasse sich wohl erklären und entschuldigen, weil doch, genau genommen, jeder wirklich von vorn anfängt. "Sind doch", rief er aus, "keinem die Leiden erlassen, von denen seine Vorfahren gepeinigt wurden; kann man ihm verdenken, daß er von ihren Freuden nichts missen will?"

Lenardo versetzte hierauf: "Sie ermutigen mich zu gestehen, daß ich eigentlich auf nichts gerne wirken mag als auf das, was ich selbst geschaffen habe. Niemals mocht' ich einen Diener, den ich nicht vom Knaben heraufgebildet, kein Pferd, das ich nicht selbst zugeritten. In Gefolg dieser Sinnesart will ich denn auch gern bekennen, daß ich unwiderstehlich nach uranfänglichen Zuständen hingezogen werde, daß meine Reisen durch alle hochgebildeten Länder und Völker diese Gefühle nicht abstumpfen können, daß meine Einbildungskraft sich über dem Meer ein Behagen sucht und daß ein bisher vernachlässigter Familienbesitz in jenen frischen Gegenden mich hoffen läßt, ein im stillen gefaßter, meinen Wünschen gemäß nach und nach heranreifender Plan werde sich endlich ausführen lassen."

"Dagegen wüßt' ich nichts einzuwenden", versetzte Wilhelm, "ein solcher Gedanke, ins Neue und Unbestimmte gewendet, hat etwas Eigenes, Großes. Nur bitt' ich zu bedenken, daß ein solches Unternehmen nur einer Gesamtheit glücken kann. Sie gehen hinüber und finden dort schon Familienbesitzungen, wie ich weiß; die Meinigen hegen gleiche Plane und haben sich dort schon angesiedelt; vereinigen Sie sich mit diesen umsichtigen, klugen und kräftigen Menschen, für beide Teile muß sich dadurch das Geschäft erleichtern und erweitern."

Unter solchen Gesprächen waren die Freunde an den Ort gelangt, wo sie nunmehr scheiden sollten. Beide setzten sich nieder, zu schreiben; Lenardo empfahl seinen Freund dem oberwähnten sonderbaren Mann, Wilhelm trug den Zustand seines neuen Lebensgenossen den Verbündeten vor, woraus, wie natürlich, ein Empfehlungsschreiben entstand; worin er zum Schluß auch seine mit Jarno besprochene Angelegenheit empfahl und die Gründe nochmals auseinandersetzte, warum er von der unbequemen Bedingung, die ihn zum ewigen Juden stempelte, baldmöglichst befreit zu sein wünsche.

Beim Auswechseln dieser Briefe jedoch konnte sich Wilhelm nicht erwehren, seinem Freund nochmals gewisse Bedenklichkeiten ans Herz zu legen.

"Ich halte es", sprach er, "in meiner Lage für den wünschenswertesten Auftrag, Sie, edler Mann, von einer Gemütsunruhe zu befreien und zugleich ein menschliches Geschöpf aus dem Elende zu retten, wenn es sich darin befinden sollte. Ein solches Ziel kann man als einen Stern ansehen, nach dem man schifft, wenn man auch nicht weiß, was man unterwegs antreffen, unterwegs begegnen werde. Doch darf ich mir dabei die Gefahr nicht leugnen, in der Sie auf jeden Fall noch immer schweben. Wären Sie nicht ein

Mann, der durchaus sein Wort zu geben ablehnt, ich würde von Ihnen das Versprechen verlangen, dieses weibliche Wesen, das Ihnen so teuer zu stehen kommt, nicht wiederzusehen, sich zu begnügen, wenn ich Ihnen melde, daß es ihr wohlgeht; es sei nun, daß ich sie wirklich glücklich finde oder ihr Glück zu befördern imstande bin. Da ich Sie aber zu einem Versprechen weder vermögen kann noch will, so beschwöre ich Sie bei allem, was Ihnen wert und heilig ist, sich und den Ihrigen und mir, dem neuerworbenen Freund, zuliebe, keine Annäherung, es sei unter welchem Vorwand es wolle, zu jener Vermißten sich zu erlauben; von mir nicht zu verlangen, daß ich den Ort und die Stelle, wo ich sie finde, die Gegend, wo ich sie lasse, näher bezeichne oder gar ausspreche: Sie glauben meinem Wort, daß es ihr wohl geht und sind losgesprochen und beruhigt."

Lenardo lächelte und versetzte: "Leisten Sie mir diesen Dienst, und ich werde dankbar sein. Was Sie tun wollen und können, sei Ihnen anheimgegeben, und mich überlassen Sie der Zeit, dem Verstande und wo möglich der Vernunft."

"Verzeihen Sie", versetzte Wilhelm; "wer jedoch weiß, unter welchen seltsamen Formen die Neigung sich bei uns einschleicht, dem muß es bange werden, wenn er voraussieht, ein Freund könne dasjenige wünschen, was ihm in seinen Zuständen, seinen Verhältnissen notwendig Unglück und Verwirrung bringen müßte."

"Ich hoffe", sagte Lenardo, "wenn ich das Mädchen glücklich weiß, bin ich sie los."

Die Freunde schieden, jeder nach seiner Seite.

## Zwölftes Kapitel

Auf einem kurzen und angenehmen Wege war Wilhelm nach der Stadt gekommen, wohin sein Brief lautete. Er fand sie heiter und wohlgebaut; allein ihr neues Ansehn zeigte nur allzudeutlich, daß sie kurz vorher durch den Brand müsse gelitten haben. Die Adresse seines Briefes führte ihn zu dem letzten, kleinen, verschonten Teil, an ein Haus von alter, ernster Bauart, doch wohlerhalten und reinlichen Ansehns. Trübe Fensterscheiben, wundersam gefügt, deuteten auf erfreuliche Farbenpracht von innen. Und so entsprach denn auch wirklich das Innere dem Äußern. In saubern Räumen zeigten sich überall Gerätschaften, die schon einigen Generationen mochten gedient haben, untermischt mit wenigem Neuen. Der Hausherr empfing ihn freundlich in einem gleich ausgestatteten Zimmer. Diese Uhren hatten schon mancher Geburts—und Sterbestunde geschlagen, und was umherstand, erinnerte, daß Vergangenheit auch in die Gegenwart übergehen könne.

Der Ankommende gab seinen Brief ab, den der Empfänger aber, ohne ihn zu eröffnen, beiseitelegte und in einem heitern Gespräche seinen Gast unmittelbar kennen zu lernen suchte. Sie wurden bald vertraut, und als Wilhelm, gegen sonstige Gewohnheit, seine Blicke betrachtend im Zimmer umherschweifen ließ, sagte der gute Alte: "Meine Umgebung erregt Ihre Aufmerksamkeit. Sie sehen hier, wie lange etwas dauern kann, und man muß doch auch dergleichen sehen, zum Gegengewicht dessen, was in der Welt so schnell wechselt und sich verändert. Dieser Teekessel diente schon meinen Eltern und war ein Zeuge unserer abendlichen Familienversammlungen, dieser kupferne Kaminschirm schützt mich noch immer vor dem Feuer, das diese alte, mächtige Zange anschürt; und so geht es durch alles durch. Anteil und Tätigkeit konnt' ich daher auf gar viele andere Gegenstände wenden, weil ich mich mit der Veränderung dieser äußern Bedürfnisse, die so vieler Menschen Zeit und Kräfte wegnimmt, nicht weiter beschäftigte. Eine liebevolle Aufmerksamkeit auf das, was der Mensch besitzt, macht ihn reich, indem er sich einen Schatz der Erinnerung an gleichgültigen Dingen dadurch anhäuft. Ich habe einen jungen Mann gekannt, der eine Stecknadel dem geliebten Mädchen, Abschied nehmend, entwendete, den Busenstreif täglich damit zusteckte und diesen gehegten und gepflegten Schatz von einer großen, mehrjährigen Fahrt wieder zurückbrachte. Uns andern kleinen Menschen ist dies wohl als eine Tugend anzurechnen."

"Mancher bringt wohl auch", versetzte Wilhelm, "von einer so weiten, großen Reise einen Stachel im Herzen mit zurück, den er vielleicht lieber los wäre." Der Alte schien von Lenardos Zustande nichts zu wissen, ob er gleich den Brief inzwischen erbrochen und gelesen hatte, denn er ging zu den vorigen Betrachtungen wieder zurück. "Die Beharrlichkeit auf dem Besitz", fuhr er fort, "gibt uns in manchen Fällen die größte Energie. Diesem Eigensinn bin ich die Rettung meines Hauses schuldig. Als die Stadt brannte, wollte man auch bei mir flüchten und retten. Ich verbot's, befahl, Fenster und Türen zu schließen, und wandte mich mit mehreren Nachbarn gegen die Flamme. Unserer Anstrengung gelang es, diesen Zipfel der Stadt aufrechtzuerhalten. Den andern Morgen stand alles noch bei mir, wie Sie es sehen und wie es beinahe seit hundert Jahren gestanden hat."— "Mit allem dem", sagte Wilhelm, "werden Sie mir gestehen, daß der Mensch der Veränderung nicht widersteht, welche die Zeit hervorbringt. "— "Freilich", sagte der Alte, "aber doch der am längsten sich erhält, hat auch etwas geleistet.

Ja sogar über unser Dasein hinaus sind wir fähig, zu erhalten und zu sichern; wir überliefern Kenntnisse, wir übertragen Gesinnungen so gut als Besitz, und da mir es nun vorzüglich um den letzten zu tun ist, so hab' ich deshalb seit langer Zeit wunderliche Vorsicht gebraucht, auf ganz eigene Vorkehrungen gesonnen; nur spät aber ist mir's gelungen, meinen Wunsch erfüllt zu sehen.

Gewöhnlich zerstreut der Sohn, was der Vater gesammelt hat, sammelt etwas anders, oder auf andere Weise. Kann man jedoch den Enkel, die neue Generation abwarten, so kommen dieselben Neigungen, dieselben Ansichten wieder zum Vorschein. Und so hab' ich denn endlich, durch Sorgfalt unserer pädagogischen Freunde, einen tüchtigen jungen Mann erworben, welcher womöglich noch mehr auf hergebrachten Besitz hält als ich selbst und eine heftige Neigung zu wunderlichen Dingen empfindet. Mein Zutrauen hat er entschieden durch die gewaltsamen Anstrengungen erworben, womit ihm das Feuer von unserer Wohnung abzuwehren gelang; doppelt und dreifach hat er den Schatz verdient, dessen Besitz ich ihm zu überlassen gedenke; ja er ist ihm schon übergeben, und seit der Zeit mehrt sich unser Vorrat auf eine wundersame Weise.

Nicht alles jedoch, was Sie hier sehen, ist unser. Vielmehr, wie Sie sonst bei Pfandinhabern manches fremde Juwel erblicken, so kann ich Ihnen bei uns Kostbarkeiten bezeichnen, die man, unter den verschiedensten Umständen, besserer Aufbewahrung halber hier niedergestellt." Wilhelm gedachte des herrlichen Kästchens, das er ohnehin nicht gern auf der Reise mit sich herumführen wollte, und enthielt sich nicht, es dem Freunde zu zeigen. Der Alte betrachtete es mit Aufmerksamkeit, gab die Zeit an, wann es verfertigt sein könnte, und wies etwas ähnliches vor. Wilhelm brachte zur Sprache: ob man es wohl eröffnen sollte? Der Alte war nicht der Meinung. "Ich glaube zwar, daß man es ohne sonderliche Beschädigung tun könne", sagte er; "allein da Sie es durch einen so wunderbaren Zufall erhalten haben, so sollten Sie daran Ihr Glück prüfen. Denn wenn Sie glücklich geboren sind und wenn dieses Kästchen etwas bedeutet, so muß sich gelegentlich der Schlüssel dazu finden, und gerade da, wo Sie ihn am wenigsten erwarten."—"Es gibt wohl solche Fälle", versetzte Wilhelm. "Ich habe selbst einige erlebt", erwiderte der Alte. "und hier sehen Sie den merkwürdigsten vor sich. Von diesem elfenbeinernen Kruzifix besaß ich seit dreißig Jahren den Körper mit Haupt und Füßen aus einem Stücke, der Gegenstand sowohl als die herrlichste Kunst ward sorgfältig in dem kostbarsten Lädchen aufbewahrt; vor ungefähr zehn Jahren erhielt ich das dazugehörige Kreuz mit der Inschrift, und ich ließ mich verführen, durch den geschicktesten Bildschnitzer unserer Zeit die Arme ansetzen zu lassen; aber wie weit war der Gute hinter seinem Vorgänger zurückgeblieben; doch es mochte stehen, mehr zu erbaulichen Betrachtungen als zu Bewunderung des Kunstfleißes.

Nun denken Sie mein Ergötzen! Vor kurzem erhalt' ich die ersten, echten Arme, wie Sie solche zur lieblichsten Harmonie hier angefügt sehen, und ich, entzückt über ein so glückliches Zusammentreffen, enthalte mich nicht, die Schicksale der christlichen Religion hieran zu erkennen, die, oft genug zergliedert und zerstreut, sich doch endlich immer wieder am Kreuze zusammenfinden muß."

Wilhelm bewunderte das Bild und die seltsame Fügung. "Ich werde Ihrem Rat folgen", setzte er hinzu; "bleibe das Kästchen verschlossen, bis der Schlüssel sich findet, und wenn es bis ans Ende meines Lebens liegen sollte."—"Wer lange lebt", sagte der Alte, "sieht manches versammelt und manches auseinanderfallen."

Der junge Besitzgenosse trat soeben herein, und Wilhelm erklärte seinen Vorsatz, das Kästchen ihrem Gewahrsam zu übergeben. Nun ward ein großes Buch herbeigeschafft, das anvertraute Gut eingeschrieben; mit manchen beobachteten Zeremonien und Bedingungen ein Empfangschein ausgestellt, der zwar auf jeden Vorzeigenden lautete, aber nur auf ein mit dem Empfänger verabredetes Zeichen honoriert werden sollte.

Als dieses alles vollbracht war, überlegte man den Inhalt des Briefes, zuerst sich über das Unterkommen des guten Felix beratend, wobei der alte Freund sich ohne weiteres zu einigen Maximen bekannte, welche der Erziehung zum Grunde liegen sollten.

"Allem Leben, allem Tun, aller Kunst muß das Handwerk vorausgehen, welches nur in der Beschränkung erworben wird. Eines recht wissen und ausüben gibt höhere Bildung als Halbheit im Hundertfältigen. Da, wo ich Sie hinweise, hat man alle Tätigkeiten gesondert; geprüft werden die Zöglinge auf jedem Schritt; dabei erkennt man, wo seine Natur eigentlich hinstrebt, ob er sich gleich mit zerstreuten Wünschen bald da-, bald dorthin wendet. Weise Männer lassen den Knaben unter der Hand dasjenige finden, was ihm gemäß ist, sie verkürzen die Umwege, durch welche der Mensch von seiner Bestimmung, nur allzu gefällig, abirren mag.

Sodann", fuhr er fort, "darf ich hoffen, aus jenem herrlich gegründeten Mittelpunkt wird man Sie auf den Weg leiten, wo jenes gute Mädchen zu finden ist, das einen so sonderbaren Eindruck auf Ihren Freund machte, der den Wert eines unschuldigen, unglücklichen Geschöpfes durch sittliches Gefühl und Betrachtung so hoch erhöht hat, daß er dessen Dasein zum Zweck und Ziel seines Lebens zu machen genötigt war. Ich hoffe, Sie werden ihn beruhigen

können; denn die Vorsehung hat tausend Mittel, die
Gefallenen zu erheben und die Niedergebeugten
aufzurichten. Manchmal sieht unser Schicksal aus wie ein
Fruchtbaum im Winter. Wer sollte bei dem traurigen
Ansehn desselben wohl denken, daß diese starren Äste, diese
zackigen Zweige im nächsten Frühjahr wieder grünen,
blühen, sodann Früchte tragen könnten; doch wir hoffen's,
wir wissen's."